Douglas Jerrold

Madame Kaudel´s
Gardinenpredigten

Verlag
der
Wissenschaften

Douglas Jerrold

Madame Kaudel´s Gardinenpredigten

ISBN/EAN: 9783957002310

Auflage: 1

Erscheinungsjahr: 2014

Erscheinungsort: Norderstedt, Deutschland

Hergestellt in Europa, USA, Kanada, Australien, Japan
Verlag der Wissenschaften in Hansebooks GmbH, Norderstedt

Cover: Foto © s.kunka / pixelio.de

Madame Kaudel's
Gardinenpredigten

von

Douglas Jerrold.

Bearbeitet von

Friedrich Gerstäcker.

Mit Illustrationen von Ludwig Loeffler.

Achte Auflage.

Vorwort.

Eine Vorrede zu diesem Buch ist unnöthig; jeder verheirathete Mann weiß, was Gardinenpredigten sind — oder sollte es wenigstens wissen. Wie aber dies kleine Werk daheim in's Volk gedrungen, davon zeugt eine einfache Behauptung des Punch — in dem die Gardinenpredigten zuerst erschienen — daß man nämlich unfehlbar erfahren könne, ob man eine gute, geduldige und liebevolle Frau habe, wenn man sie nur einmal M a d a m e K a u b e l nenne, und sie nicht böse darüber würde.

Das Experiment bleibt aber immer gefährlich, und jedenfalls wäre große Vorsicht dabei anzurathen.

Der Uebersetzer.

Einleitung.

~~~~~

Kaubel, der arme Balthasar Kaubel war Einer von den Männern, welche Mutter Natur, in ihrer gewöhnlichen Vorliebe für das weibliche Geschlecht, nur auf die Erde gesetzt hatte um zu hören. Er schien in der That „ganz Ohr", und diese Gehörwerkzeuge nahm denn auch Madame Kaubel (sein ihm angetrautes eheliches Gemahl, wie sie nicht verfehlte ihn dann und wann wissen zu lassen, da sie keineswegs zu den Frauen gehörte, die ihre Ketten tragen, ohne sie zu schütteln) ganz und gar für sich in Anspruch. Sie waren ihr alleiniges Eigenthum und schein= bar nur deshalb angefertigt, um ihre (Madame Kaubels) ausströmende Weisheit dem Gehirne ihres Ehegemahls so schnell und vollständig als möglich zuzuführen, und zwar auf dieselbe Art etwa, wie sie im Herbst ihren Obstwein durch den blechernen Trichter in die dazu bestimmten Flaschen füllte. Zwischen dem Wein und der Weisheit blieb nur noch der Unterschied, daß der erstere um ihn zu mildern versüßt wurde, die zweite dagegen nie. Scharf und bitter kam sie von den Lippen der Madame Kaubel, die sich dann auf die Sanftmuth ihres eheherrlichen Gemüths verließ, durch Vermischung des „Strengen mit dem Zarten" die gehörige und nöthige Harmonie hervorzubringen.

Philosophen haben schon oft darüber gestritten, welche Zeit, ob Morgen oder Abend, am geeignetsten für moralische Eindrücke wäre; der griechische Weise hat sogar gestanden, seine Arbeiten röchen nach der Lampe. Wenn das aber der Fall war, so roch Madame Kaudels Weisheit ohne Zweifel nach dem Nachtlicht. Sie wußte recht gut, daß ihr Gatte den Tag über durch sein Geschäft als Puppen- und Spielwaarenhändler zu viel in Anspruch genommen wurde, um in dieser Zeit ihre Lehren ordentlich und gehörig würdigen zu können; überdies war er ihr dann auch nicht gewiß, denn er konnte in jedem Augenblicke in den Laden hinaus gerufen werden. Nachts aber, von Abends eilf bis Morgens um sieben Uhr, gab es für ihn keinen Rückzug mehr, er mußte, einige verzweifelte Fälle ausgenommen, ruhig liegen bleiben und zuhören.

Manchem könnte es nun freilich scheinen, als ob Madame Kaudel hierin nicht ganz großmüthig gehandelt hätte; im Krieg aber wie in der Ehe ist jeder Vortheil, den man dem Feinde abgewinnen kann, erlaubt. Ueberdies folgte auch Madame Kaudel dabei sehr klassischen Autoritäten; der Vogel der Minerva, das klügste Geschöpf in Federn — schweigt den ganzen Tag; eben so machte es Madame Kaudel, — sie schrie blos Nachts.

Herr Kaudel besaß übrigens eine ausgezeichnete Constitution, wie diese einzige Thatsache vollkommen beweisen wird: daß er nämlich dreißig volle Jahre als Gatte seiner Frau bestand, und sie sogar noch überlebte. Ja! dreißig lange Jahre sprach und disputirte Madame Kaudel über Freuden, Leiden, Sorgen, Pflichten und Wechsel, die alle in dem anscheinend kleinen Zirkel, dem Trauring, vereinigt sind. Ich sage anscheinend kleinen Zirkel, denn das Ding, mit den gewöhnlichen blinden Maulwurfsaugen des flüchtigen Beschauers betrachtet, ist weiter Nichts als ein dünner Goldreif, gemacht, um an dem vierten Finger der rechten Hand getragen zu werden. Aber, wie der Ring des Saturn, umschließt er, in Gutem und Bösem, eine ganze Welt; oder, um ein weniger kolossales Bild zu nehmen, doch zum mindesten einen ungemein großen Landstrich, der aber freilich Arabia felix oder Arabia petraea sein kann.

Ein sauertöpfischer Cyniker könnte auch vielleicht den Trauring noch mit einem Circus vergleichen, wie sie früher Sitte waren und in welchem sich wilde Thiere, zum Vergnügen und zur Unterhaltung der umhersitzenden Zuschauer, zerkratzten und zerrissen; aber fort mit solchen Bildern. Nein, da mag er lieber einem Zauber= ring ähnlich sein, in welchem tanzende Elfen die rosigsten Ketten um die schwachen, lieben Menschenkinder schlingen.

Wenn es nun aber auch keinem weitern Zweifel unterliegt, daß Ringe auf diesem, unserem wunderlichen Erdball, zu sehr verschiedenen, oft mit einander gar nichts gemein habenden Zwecken verwendet werden, so sind wir dadurch keineswegs berechtigt, Schlüsse von dem einen auf den anderen zu ziehen; auch hat dies mit dem uns hier vorliegenden Fall gar nichts zu thun. Uns genügt es, wenn wir wissen, Herr Kaudel war verheirathet und wurde deshalb als Niederlage für die Weisheit seiner theueren Ehehälfte verwendet.

Madame Kaudel pickte, wie weiland Mahomets Taube, fortwährend an den Ohren ihres guten Mannes; aber wir haben durch seine Hinterlassenschaft wenigstens die Beruhigung gewonnen, daß er ihre Worte nicht allein hörte, sondern auch bewahrte, und in dem heiteren Abend seines Lebens das niederschrieb, was jetzt, durch ewige Druckerschwärze, unsterblich gemacht werden soll.

Als Balthasar Kaudel in dieser dornenvollen, schicksalsharten Welt von seiner treuen Gattin allein zurückgelassen wurde, als er allen — allen ihren nächt= lichen Ermahnungen entrückt, ach! für immer entrückt war, befand er sich gerade in der vollsten Blüthe seines siebenundfunfzigsten Jahres. Jede Nacht aber, und zwar drei volle Stunden lang, nachdem er sich niedergelegt hatte (denn solche Sclaven der Gewohnheit sind wir), konnte er kein Auge zuthun, und ein ruhiges Einschlafen schien zu den Unmöglichkeiten zu gehören. Seine Frau sprach noch an seiner Seite.

Freilich konnte es nicht geleugnet werden, daß sie todt und anständig begraben war, sein Geist — (der Gedanke beruhigte ihn ungemein) — vermochte nicht sich in dieser Hinsicht zu irren; dennoch aber war sie bei ihm und das Gespenst ihrer Zunge sprach zu ihm wie in lieben, vergangenen Zeiten. Balthasar Kaubel konnte es ordentlich hören und verstehen, und so laut, so lebhaft waren manchmal die Klänge, daß er häufig mit einem kalten Schauder daran zweifelte, Wittwer zu sein, und sich dann erst vorsichtig, durch Ausstrecken eines Armes oder Beines über= zeugte, ob er wirklich in seinem Ehebette allein liege und nicht blos so schön geträumt habe.

Trotzdem hörte aber die Stimme nicht auf, und es wurde ihm mit jedem Abend unheimlicher und bänglicher zu Muthe, wenn er fortwährend die spukenden Ermahnungen und Warnungen auf sich einströmen hörte, ohne die Haube seiner Frau zu sehen, aus der sie sonst hervorzuquellen pflegten. Jetzt sprach die Stimme aus den Gardinen, jetzt vom Kleiderschrank, nun vom Waschtisch und dann gar von dem eigenen Kissen aus, auf dem er lag.

„Es ist entsetzlich, daß ihre Zunge noch so herum gehen sollte," sagte Bal= thasar zu sich selber, und dann dachte er an Exorcismus oder wenigstens sehr ernste Unterhaltung mit dem Prediger. Endlich, ob aus eigenem Antriebe oder von außen angeregt, beschloß er, an jedem Abend e i n e Gardinenpredigt seines seligen Weibes niederzuschreiben, das vertrieb vielleicht den Geist, der ihn plagte, denn ihre theuere Zunge rief nach Gerechtigkeit und gab sich, wenn befriedigt, möglicher Weise zur Ruhe, obgleich Kaubel bei dem Gedanken manchmal hoffnungslos den Kopf schüttelte.

Dennoch machte er den Versuch, und siehe da, es half. Treulich brachte er alle ihre früheren Predigten zu Papier und der Geist störte ihn nicht länger. Balthasar schlief in Frieden.

Nach Balthasar Kaubels Tode fand man unter seinen Papieren ein folgendermaßen überschriebenes Packet:

Gardinen=Predigten von Margarethe Kaubel gehalten, und von Balthasar, ihrem Gatten, geduldig angehört.

Daß übrigens Herr Kaubel schon damals an den späteren Druck dieser Schriften dachte, geht aus den Ueberschriften hervor, die er hie und da, seine tägliche Aufführung betreffend, niederschrieb und wonach sich dann die nächtliche Predigt richtete.

Einen Theil seiner dreißigjährigen Erfahrungen (um nicht zu sagen, des dreißigjährigen Krieges) mag also hier der Leser, der weibliche zur Belehrung, der männliche zur Warnung hinnehmen, und wir wollen hoffen, daß er (der Theil der Predigten nämlich) in beiden Fällen seinen Zweck erfüllt.

Inhaltsverzeichniß.

~~~~~~~~~~

1

Seite

Seite

Zweiunddreißigste Predigt.

Dreiunddreißigste Predigt.

Vierunddreißigste Predigt.

Fünfunddreißigste Predigt.

Letzte Predigt.

Madame Kaudel's

Gardinenpredigten.

Erste Predigt.

Kaudel ist mit einem Freunde im Wirthshaus gewesen.

O ja — o ja wohl — das ist ein vortreffliches Leben für einen verheiratheten Mann — eine wahre Musterwirthschaft; und das müssen sich die Frauen, die armen, schwachen, zarten Wesen, Alles gefallen lassen. Wenn sie's aber nur wüßten, wenn sie nur die Hälfte von dem wüßten was ich weiß, sie würden sich vorsehen, ehe sie sich für ihr ganzes Leben an einen Mann bänden.

Eine Frau muß zu Hause bleiben, muß sich placken und quälen und der Mann geht indessen hin wohin es ihm beliebt; — ja wohl — das ist, seiner Meinung nach, ganz in der Ordnung. Ein wahres Aschenbrödel sollte die Frau sein, während der Mann in Schenken und Bierstuben herum trinkt und singt.

Du singst nicht? woher soll ich das wissen, sagen kannst Du's wohl, wer Dich aber nur hören könnte; dort bist Du sicherlich, wie gewöhnlich, immer unter den Schlimmsten.

Jetzt wird's nun wohl jede Nacht in's Wirthshaus gehen; wenn Du aber glaubst daß ich aufbleibe und warte bis Du zu Hause kommst, Kaudel, dann irrst Du Dich doch gewaltig. — Nein wahrhaftig — und ich stehe auch nicht aus meinem warmen Bett auf um Dich hereinzulassen, und Susanne darf noch viel weniger unten bleiben.

Ich könnte die Thüre offen lassen? Ja — weiter fehlte gar

Nichts mehr; zu Bette gehn und die Thüre offen haben, daß man vor Tage noch todtgeschlagen und geplündert wird.

Puh — Jesus, der Tabaksrauch — fh — das allein schon könnte eine anständige, ehrbare Frau unter die Erde bringen. Du weißt, wie ich den Tabaksgeruch verabscheue, aber nein, das ist Alles einerlei, Du mußt rauchen. —

Du rauchst nicht selber? und was ist da für ein Unterschied? wenn Du Dich zu Denen hinsetzest die rauchen, ist es eben so schlimm, oder noch schlimmer. Da könntest Du eben so gut auch rauchen, oder noch viel lieber, denn da kämst Du doch nicht zu Hause und hättest Dir die Haare von fremden Leuten voll räuchern lassen.

Ich habe noch nie gehört, daß 'was Gutes daraus entstanden wäre, wenn der Mann in's Wirthshaus geht; saubere Gesellschaft findet er dort, Leute, die es sich zur Ehre anrechnen, wenn sie ihre Frauen wie Sclavinnen behandeln und ihre Familien ruiniren. Da ist der elende Wicht, der Betsenberger, wie weit hat ber's gebracht? Nicht vor zwei Uhr Morgens kommt er zu Hause, und dann noch in welchem Zustand? Draußen fängt er schon an mit dem Abstreicher zu zanken, daß sich seine arme Frau fürchten soll ihm Vorwürfe zu machen. Die gemeine Seele! — Glaube Du aber ja nicht, daß ich mir das gefallen ließe, was sich die Madame Betsenberger gefallen läßt; nein, nicht von dem besten Manne, der jemals Schuhleder zertreten hat. Du könntest Dich eine Stunde lang vor den Abstreicher hinstellen und fluchen und schimpfen — mich machtest Du nicht bange, Raudel; mich wahrhaftig nicht.

Du denkst nicht daran bis zwei Uhr Morgens auszubleiben? — Wie willst Du das jetzt wissen? Wenn man sich erst einmal mit solchem Volk abgiebt, so kann man nie sagen, was noch Alles geschieht. Männer, die sich so betragen, wissen auch gar nicht mehr wann sie zu Hause kommen und was sie thun, und denken erst zu allerletzt an ihre armen Weiber, die sich daheim abhärmen und ängstigen.

Schönes Kopfweh wirst Du morgen früh haben; oder vielmehr heute früh, denn zwölfe muß es lange vorbei sein.

Du wirst kein Kopfweh haben? o ja, das kannst Du jetzt wohl sagen, ich weiß aber, daß Du es kriegst und dann denke nur nicht, daß ich Dich warten und pflegen werde.

O Du großer Gott, der Tabak! — es ist zum Ersticken.

Nein, Raudel! ich werde nicht so gut sein und einschlafen. Wie kann man schlafen, wenn Einem ein solcher Tabaksgestank die Kehle zuschnürt?

O ja, Raudel — ich seh' es schon kommen; morgen früh wirst Du Dich wieder ganz charmant befinden, glaube aber ja nicht, daß ich Dich im Bette frühstücken lasse, wie es Madame Betsenberger macht. Ich bin keine solche Närrin; nein wahrhaftig; und das sag' ich Dir, das Mädchen wird mir auch nicht wieder morgen in aller Frühe nach einem Häring geschickt, daß die ganze Nachbarschaft später sagt: „Kaubel ist gestern Abend betrunken gewesen“. Nein, der Ruf meiner armen Kinder liegt mir wenigstens am Herzen, wenn Du Dir auch Nichts daraus machst. Suppe kriegst Du auch nicht zu Mittage — kein Stück Rindfleisch kommt mir über die Schwelle, so wahr ich Margarethe heiße.

Du willst keinen Häring und keine Suppe? Soviel besser — Du wirst auch keine bekommen, das kann ich Dich versichern. — O Du lieber Heiland, der Tabak — es ist arg genug, die Halsschwindsucht zu kriegen.

Tabak sollte allein ein hinlänglicher Grund sein, sich von einem Manne scheiden zu lassen; aber nein, die armen Frauen werden langsam vergiftet, und dürfen sich noch nicht einmal darüber beklagen. Den Spektakel möcht' ich sehen, wenn ich jetzt fortginge und Dich und die Kinder verließe. — Was brummst Du da? — Ein schöner Lärm würd' es werden, soviel weiß ich; Du aber kannst Dich hinsetzen und Pfeifen und Cigarren in die Ewigkeit hineinrauchen.

Du hättest nicht geraucht? Das hat gar Nichts damit zu thun, Kaubel. Die Leute erkennt man an der Gesellschaft, in der sie gefunden werden, und Du hättest eben so gut selber rauchen können als den Qualm vom ganzen Wirthshaus mit in's Bett zu bringen.

Ich sehe jetzt auch schon wie Alles kommen wird; den Anfang hast Du einmal gemacht und nun soll das so fortgehen. Alle Abend wirst Du angetrunken nach Hause kommen, und bald ein Bein brechen, bald eine Schulter ausrenken und nächstens wirst Du auch wohl einmal eine Schlägerei auf der Straße haben — o ich kenne Dich, Kaubel; und dabei ein paar Nachtwächter prügeln und dann weiß ich, was hinterher kommt; was hinterher kommen muß. Du wirst vier oder sechs Wochen eingesteckt, Kaubel, mit lauter wüstem, nichtsnutzigem Gesindel zusammen eingeschlossen. O daß ich leben mußte um solche Sachen — ach Du allmächtiger Gott, da kommt der Tabaksdunst wieder — solche Sachen zu erfahren. Und die Schande nachher für die Kinder, wenn ihr Vater gesessen hat und ihn alle Polizeidiener kennen, gerade als wenn er ein Actuar beim Gerichte wäre.

Nein, ich will nicht schlafen und ich rede auch von nichts Unmöglichem, Kaubel; ich weiß, was Alles geschehen wird, und wenn es nicht der lieben, unglücklichen Kinder wegen wäre, so könntest Du Dich zu Grunde richten wie Du wolltest, ich würde kein Sterbenswörtchen, keine Sylbe dagegen sagen, aber so — o Je, o Je, wenn Du nur wenigstens dahin gingst, wo sie guten Tabak rauchen — ich kann aber nicht vergessen, daß ich ihre Mutter bin und sie sollen wenigstens die eine Hälfte ihrer Eltern behalten.

Wirthshäuser — noch ist kein Mann in Wirthshäuser gelaufen, der nicht als Bettler gestorben wäre. Nachher hast Du dann auch noch das ganz besondere Vergnügen, daß Dich Deine Saufkumpane auslachen, ja auslachen, noch obendrein; wenn sie Deinen Namen einmal auf der Bankerottliste sehen. Das kann auch gar nicht ausbleiben. Dein Geschäft muß zu Grunde gehen, denn welche ehrbare Familie würde Spielsachen für ihre Kinder von einem Trunkenbold kaufen wollen?

Du bist kein Trunkenbold? Nein, aber Du wirst es werden, und das ist nachher Alles einerlei. Mit bis Mitternacht Ausbleiben hast Du angefangen, nach und nach wird die ganze Nacht daraus. Glaube aber ja nicht, Kaubel, daß Du je einen Schlüssel bekommst. O ja — ich kenne Dich, Du möchtest es gerade so treiben wie der Elende, der Betsenberger. — Was hat der erst neulich, am letzten Mittwoch, gemacht? Heimlich hereingeschlichen ist er, um vier Uhr Morgens und noch dazu mit seinem Zechbruder, dem Magerbein.

Seine arme Frau wachte um sechs Uhr auf und sah Betsenbergers schmutzige Stiefeln neben dem Bette stehen. Und wo war der Elende? ihr angetrauter Mann? unten saß er — unten in der Stube und soff. Ja — schlimmer noch wie ein Räuber und Dieb hatte er leise die Schlüssel aus der Tasche seines unglücklichen Weibes entwendet — ach was die Arme ertragen muß — und war über den Rum gerathen. Eine schöne Lage für eine Frau, Morgens um sechs Uhr aufzuwachen und statt den Mann im Bett, seine schmutzigen Stiefeln daneben stehen zu sehen.

Ich will aber Dein Opfer nicht werden, Kaubel, nein, nicht ich; meine Schlüssel bekommst Du nicht, denn die liegen unter meinem Kissen, unter meinem eigenen Kopfe, Kaubel. Du wirst Dich zu Grunde richten; wenn ich's aber verhindern kann, so sollst Du wenigstens Niemand anders noch ruiniren, als nur Dich selber.

Oh — der — entsetzliche — Tabak.

———————

„Hier," schreibt Kaubel, „kam mir der Tabak zu Hülfe, denn sie barg ihr Haupt in das Kissen und — entschlummerte."

———— •—— ————

Zweite Predigt.

Kaudel hat einem Freunde zwanzig Thaler geliehen.

Du solltest eigentlich ein reicher Mann sein, Kaudel, ein sehr reicher Mann. Ich möchte nur wissen, wer Dir einmal zwanzig Thaler borgen wird, wenn Du in Noth kommst; die Frau kann sich plagen und quälen, daß es ein Elend ist nur zuzusehen, und der Mann wirft das Geld zwanzigthalerweis zum Fenster hinaus. Zwanzig Thaler — was hätte man nicht Alles mit den zwanzig Thalern anfangen können; glaubst Du denn, daß man das Geld auf der Straße findet? Du bist aber immer so ein Narr, Kaudel, und die anderen Leute wissen es, zu Dir kommen sie immer zuerst. — Zu mir sollten sie kommen. —

So dumm sind sie nicht? o ja, Kaudel, Du denkst immer zuerst an andere Leute — ich habe mir nun schon seit drei Jahren ein seidenes Kleid gewünscht, aber nein, Gott bewahre — die zwanzig Thaler hätten das beinahe gekauft, wie ich aber aussehe, ist Dir einerlei.

Alle Leute sagen, ich zöge mich nicht an, wie es mir zukäme, und das ist auch wahr, was kümmert das Dich aber, o gar Nichts, das weiß ich schon, gar Nichts. Fremde Leute, für die hast Du Gefühl, aber Deine eigene Familie kann sehen wie sie allein durchkommt; wenn nur der Herr Gemahl als recht freigebig und generös ausgeschrieen wird. Ach Kaudel, die Leute sollten Dich kennen, wie ich Dich kenne, weiter wünsch' ich Nichts, weiter wünsch' ich gar Nichts; dann würden sie aber auch wiſſen, daß Du nur außer dem Hauſe den Großmüthigen ſpielſt und Deine arme Familie es bezahlen muß.

Zwanzig Thaler; die Mädchen brauchen neue Hüte ſo nothwendig wie's liebe Brod, wo ſie die aber herbekommen ſollen, weiß ich wahrhaftig nicht. Die Hälfte von dem Gelde wäre hinreichend geweſen, jetzt iſt's fort und die armen Dinger müſſen ſich behelfen. Aber ganz natürlich. Die gehören ja auch mit zu Deiner Familie, was gehen die Dich an.

Du weißt auch wohl nicht, daß Jakob heute Morgen ſeinen Ball durch das Fenſter geworfen hat, an dem er ſchläft; wer ſoll jetzt die Scheibe bezahlen? Hier zwanzig Thaler hinausgeworfen und da auch noch Fenſterſcheiben bezahlen, wo ſoll das Geld herkommen? Das arme Kind muß jetzt an dem offenen Fenſter liegen; außerdem leidet er ſchon an der Lunge, und es ſollte mich auch gar nicht wundern, wenn ihm das zerbrochene Fenſter den Reſt gäbe. — Aber ich kann's nicht ändern, Gott weiß es, und wenn er ſtirbt, haſt Du ſeinen Tod auf dem Gewiſſen. Zwanzig Thaler — wie viele Fenſterſcheiben hätte man mit zwanzig Thalern können machen laſſen!

Nächſten Dienſtag ſoll auch wieder die Feuerverſicherung bezahlt werden, und wovon? Ja, wenn die Zwanzig-Thaler-Scheine nicht gleich Jedem, der in's Haus käme, ordentlich aufgedrungen würden, dann könnten wir auch wieder verſichern laſſen, ſo aber müſſen wir zuſehen, wie uns das Haus über dem Kopfe abbrennt, und bekommen keinen blinden Groſchen dafür wieder. — Im Leben ſind auch noch nicht ſo viele Feuer geweſen, wie gerade jetzt; keine Woche vergeht ohne Unglück und ich werde kein Auge mehr ruhig zuthun können vor lauter Angſt. Was kümmert Dich das aber, Kaudel, das rührt Dich nicht! Wenn Dich die Leute nur großmüthig und freigebig nennen, wenn Du nur mit dem prahlen kannſt, was Du Deinen Kindern am Munde abbarbſt, dann biſt Du ſchon zufrieden, weiter willſt Du Nichts; was kümmert Dich Deine Familie.

Was noch recht nöthig geweſen wäre, iſt eine Reiſe in's Bad nächſten Sommer; die arme kleine Caroline iſt ſehr leidend, aber nein, Gott bewahre, das arme Würmchen kann jetzt zu Hauſe bleiben, und wir auch. Sie wird wahrſcheinlich die Auszehrung kriegen, ich kann ihr aber nicht helfen, der Herr weiß es. Ich habe mich auch ſchon jetzt ganz darein ergeben, daß wir ſie verlieren ſollen. Das Kind hätte gerettet werden können, aber freilich müßten gewiſſe Leute dann auch ihre zwanzig Thaler mehr zuſammengenommen haben und weniger großmüthig gegen fremde Leute geweſen ſein.

Es wird immer beſſer, Gott ſei's geklagt; dies iſt der erſte Abend, wo ich mein Fleiſch ohne Gurken gegeſſen habe. Am Munde abbarben muß man ſich's, um nur das Leben brav und ehrlich durchzubringen und auf der andern Seite wird es ordentlich mit Fleiß durchgebracht. Und wenn ich nur allein darunter zu leiden hätte, aber nein — am härtesten trifft es die armen Kinder. Marianne hätte schon lange zum Zahnarzt gehen und sich die schiefen Vorderzähne ausnehmen lassen sollen, das möcht' ich aber wissen, wo ich jetzt das Geld dafür herbekommen wollte. Die Zähne verunstalten das ganze Gesicht des kleinen Engelchens, aber nein, da müssen sie stehen bleiben und ich möchte sehen, wer sie haben will, wenn sie einmal groß wird. Eine Frau für einen Grafen wär' das geworden, jetzt bleibt sie sitzen. Wir werden sterben und sie allein und ohne Schutz in der Welt zurücklassen. Was kümmert Dich aber das, da liegst Du wie ein Klotz, dessen Herz Du hast, und rührst Dich nicht — was kümmern Dich Deine Kinder, was kümmern Dich die Deinen.

Hörst Du wie der Fensterladen hin und her schlägt? — Du brauchst mir nicht zu sagen was daran fehlt, ich weiß es eben so gut wie Du — neue Eisen — ich wollte auch schon heute nach dem Schlosser schicken, aber wo darf ich jetzt noch daran denken. Wenn Du die Zwanzig=Thaler=Scheine so zum Fenster hinaus wirfst, wer hat dann noch Geld, Fenster machen zu lassen.

Und Du lieber Gott, wie die Mäuse jetzt im Zimmer herumhetzen — ja ich höre sie aber und ich wünschte weiter Nichts, als daß sie Dich noch aus dem Bette zögen. —

Eine Falle stellen? ja das weiß ich auch, und Du hast leicht sagen, ich soll eine Falle stellen, wie aber Leute noch Fallen kaufen können, wenn alle Tage zwanzig Thaler hinausgeschleudert werden, ist mehr als ich beantworten kann.

Horch! wer war das? — Das war heilig ein Geräusch unten auf der Treppe, und ich würde gar nicht erstaunt sein, wenn jetzt Diebe bei uns einbrächen. Durch die Hinterthür können sie auch mit aller Bequemlichkeit, denn die alten Angeln halten kaum noch das Holz, und die Riegel sind fast abgerostet; wo aber sollen jetzt noch neue Angeln und Riegel herkommen?

Und mein Herzeleid — Du weißt, ich sterbe fast vor Aerger, wenn ich Zeuge einer solchen Verschwendung sein muß, aber was kümmert das Dich — das wäre Dir vielleicht erst gerade recht — Oh Kaudel, ich könnte mir die Augen aus dem Kopfe weinen.

———————

Hier, schreibt Kaudel, gewannen ihre Gefühle die Oberhand und sie war einige Minuten ruhig, welche Zeit ich glücklicher Weise zum Einschlafen benutzen konnte. Was aber hatte sich die Arme Alles im Geist herauf beschworen: Sie selber konnte kein seidenes Kleid, die Mädchen konnten keine Hüte bekommen, Jakob mußte am Zug sterben, das Haus unversichert abbrennen, die Badereise aufgegeben werden, Marianne an Zahnschmerzen vergehen, die Fensterladen ewig anschlagen, eine Schaar von Mäusen in's Zimmer, Diebe in's Haus brechen und sie selber aus Gram sterben — weil ich einem Freund zwanzig Thaler geliehen hatte.

Dritte Predigt.

Kaudel ist Klub-Mitglied bei den „Lerchen" geworden.

Soviel ist sicher, eine arme, unglückliche Frau läge viel besser und sanfter in ihrem Grabe als in ihrem Bette, heißt das, wenn sie sich an keinen ordentlichen Mann hat verheirathen können.

Nein Kaudel, es ist mir ganz gleichgültig, ob Du müde bist oder nicht, Du sollst nicht schlafen.

Ich kann Dir auch nicht morgen sagen, was ich Dir zu sagen habe; ich fühle jetzt Lust dazu und ich sage es jetzt. Sehr schön das, der Herr will nach Hause kommen, wann es ihm beliebt — es muß schon halb eins vorbei sein — und mir dann auch noch den Mund verbieten, damit er schlafen kann; ich bin doch neugierig, was nun noch folgt. — Da wär' man ja gleich lieber schwarz und ein Sclave, nachher wüßte man doch warum.

Also Du bist Klub-Mitglied geworden, so? „die Lerchen?" so Kaudel? nun eine schöne Lerche werden sie aus Dir machen, daran zweifle ich nicht — aber ich will nicht bei Dir bleiben und auch zu Grunde gerichtet werden. Ich nehme die Kinder mit mir fort und dann kannst Du Dir Jemanden miethen, der für Dich Haus hält; das heißt, so lange Du ein Haus zu halten hast und das wird gar nicht mehr so lange dauern, so viel weiß ich.

Wie nur ein Mann, der das Mindeste auf sich hält, seine Nächte in einem Wirthshaus verbringen kann, das begreife ich nicht.

Vernünftige Unterhaltung? — o ja, Kaudel, o ja — das kann ich mir ungemein lebhaft vorstellen — vernünftige Unterhaltung — ja Du gehst gerade in ein Wirthshaus wegen vernünftiger Unterhaltung. — Ich möchte wissen, wie viele von Euch sich aus dem, was Du „vernünftige Unterhaltung" nennst, etwas machen würden, wenn sie ohne den ekelhaften Grog und das Bier und den widerwärtigen Tabaksqualm genossen werden sollte. Wie Du das letzte Mal nach Hause kamst, hatt' ich acht Tage Kopfschmerzen. Ich weiß aber, wer Dich in einem fort zu Deinem Verderben und Unglück verführt; Niemand weiter als der Galgenstrick, der Betfenberger. Er hat einer Frau das Herz gebrochen und nun glaubt er, will er auch der — aber nein, Kaudel — glaub' Du das ja nicht, ich lasse mir meine Gefühle nicht untergraben, nicht von dem besten Mann der je eine Frau unglücklich gemacht hat.

Ich weiß freilich wohl, daß Du Dir Nichts daraus machst was ich sage, so lange Du nur vor der Welt hellgelb und glänzend bastehst; die Leute sollen es aber erfahren, wie Du Dich gegen mich beträgst. Verlaß Dich darauf, sie sollen es erfahren.

Wie kann nur ein Mann seinen eignen Herd verlassen um sich in einem Wirthshaus hinzusetzen und mit Menschen zu trinken und zu rauchen, Menschen, die nicht einen Finger aufheben würden und wenn sie ihn dadurch vom Galgen retten könnten; wie ein Mann seine Frau — eine gute Frau, und wenn ich das auch selbst sage, verlassen, einer Gesellschaft solcher Trinkbrüder wegen. O das ist schrecklich, das ist mehr als schrecklich, das ist schändlich, Kaudel, das ist gefühllos, und kein Mann der nur noch ein Fünkchen von Liebe für seine Frau hätte, würde es thun. — Und das soll jetzt an jedem Sonnabend geschehen? aber ich weiß was ich thue.

Das hilft Dir nichts, Kaudel, — schöne Namen helfen Dir jetzt gar Nichts; eine solche Närrin bin ich, Gott sei Dank, nicht, daß ich mich dadurch bestechen ließe, wenn ich's auch einmal früher war; nein, wenn Du schlafen wolltest, dann solltest Du auch in gehöriger, christlicher Zeit nach Hause kommen und nicht nach halb ein Uhr.

Es war einmal eine Zeit, wo Du so regelmäßig nach Hause kamst wie der Nachtwächter; damals betrugst Du Dich aber auch noch als rechtschaffener, anständiger Mann und liefst nicht mit, der Himmel weiß wem alles, herum, blos um zu rauchen, zu trinken und Witze zu machen, wie Du glaubst.

Ich habe noch nie gehört, daß etwas Ordentliches aus einem Manne geworden wäre, der Witze machte — kein ehrbarer Kaufmann thut das. Aber laß Du mich nur sorgen, Deine Lerchen will ich schon fortscheuchen. Das Haus hält Wirthschaft offen bis nach zwölf Uhr an Sonnabend Abenden und wenn ich das nicht auf der Polizei. melde, daß sie ihm die Concession nehmen, so will ich nicht heute Abend gesund in diesem Bette liegen.

Ja wohl — nenne mich nur eine Närrin, ich bin aber keine, Du bist der Narr; nein, noch schlimmer wie ein Narr, Du bist ein Bösewicht, Kaudel, ein schwarzer, pechrabenschwarzer Bösewicht, und wenn Du morgen stürbest (Leute, die stets in Wirthshäuser laufen, thun überhaupt Alles, was in ihren Kräften steht, ihr Leben abzukürzen), wenn Du morgen stürbest, dann möcht' ich doch den sehen, der auf Deinen Grabstein schreiben wollte: „ein zärtlicher Gatte und ein liebevoller Vater."

Ich? glaubst Du ich schriebe solche Lügen? nein, darauf kannst Du Dich verlassen. — — Herumlaufen und Dein Geld verschwenden —

Sage nicht, nein, und wenn Du's mir auf den Knieen zuschwürest, ich glaubte Dir nicht, daß Du dort Sonnabend Abends blos acht Groschen verzehrtest. So lange dort sitzen und nur acht Groschen, das weiß ich besser. So ein Narr bin ich auch nicht, Kaudel, dem man Alles aufbinden kann. Was wirst Du denn Großes für acht Groschen bekommen? — Und der ganze Klub, verheirathete Männer und Familienväter, es ist himmelschreiend. — — Lerchen, ja, schöne Lerchen, Geier solltet Ihr Euch nennen, Geier, die ihren unglücklichen Weibern und Kindern das letzte Herzblut aussaugen.

Acht Groschen die Woche? und wenn es nur acht Groschen wären, weißt Du, was zwei und sechzig Acht-Groschen-Stücke das Jahr über machen?

Das Jahr hat nur zwei und fünfzig Wochen? das ist einerlei, Kaudel, das bleibt sich ganz gleich, Du brauchst mich nicht auch noch hier, mitten in der Nacht, durch Deine bitteren, malitiösen Bemerkungen zu ärgern, das hab' ich nicht um Dich verdient, Kaudel. Wenn auch nur zwei und fünfzig.

Sieh nur die Röcke an, die ich tragen muß. Aus dem Hausstandsgelde kann ich mir kein Nadelkissen kaufen, obgleich ich schon eins diese letzten sechs Monate nothwendig gebraucht hätte; nein, keine Stecknadel; aber was machst Du Dir daraus, wenn Du nur Deinen Grog und Dein Bier trinken kannst. — Und wie sehen Deine Kinder aus? — die Mädchen — sieh nur die an, was die Alles nöthig hätten. Im Leben sind sie nicht wie anderer Leute Kinder angezogen, was kümmert aber das ihren Vater; wenn Der nur mit seinen Lerchen herumlaufen kann, dann mögen sie Sackleinewand anstatt Lätzchen, und Bindfaden statt Strumpfbändern tragen.

Halt mir nur den Herrn Betsenberger aus den Augen, wenn Du ihn lieb hast — oder nein, bring' ihn mir einmal her, o ich möcht' ihn nur ein einziges Mal sehen. Der sollte dran denken. Ein Mann, der sein ganzes Lebenlang, man könnte sagen, in einem Spucknapf zubringt, so ein Wirthshauskönig, mit einem Schwarm gerade solcher Narren hinter sich, wie Du einer bist, die darüber lachen müssen, was er sagt, und was er für spaßig hält.

Nein, Kaubel, Deine guten Worte helfen Dir gar Nichts. Ich sollte Dich schlafen lassen? Schlafen, jetzt? — es ist wahrhaftig bald wieder Zeit zum Aufstehen, ich sehe auch gar nicht ein, warum Du Dich überhaupt noch niedergelegt hast.

Die Lerchen — o ja — nächstens wirst Du Dir wohl so einen kleinen „Schmetterer" anschaffen, und auch an zu singen fangen. Einen schönen Ruf wirst Du in der Nachbarschaft bekommen, und ein schönes Gesicht dazu; Deine Nase wird schon mit jedem Tage röther, denn es ist ordentlich als ob sich der Spiritus hineinzöge.

Du siehst nicht, daß sie roth ist? Nein, das glaub' ich wohl, aber ich seh' es, ich sehe Manches, Kaubel, was Du nicht siehst. Das geht aber nun so fort mit Deinem Grogtrinken und wird nur noch immer ärger.

O sage mir nicht, daß Du blos zwei kleine Gläser trinkst, ich weiß wohl, was bei den Männern zwei kleine Gläser sind. Es dauert gar nicht lange, so hast Du ein Gesicht, wie ein rothglühender Kupferkessel, und dann möcht' ich nur wissen, wer mit Dir umgehen soll. Ich gewiß nicht, darauf kannst Du Dich verlassen; komm Du ja nicht zu mir.

Schöne Manieren lernen die großen Herren in den Klubs. Jokel, zum Beispiel, war früher ein ganz braver, anständiger Mann und jetzt, hab' ich gehört, hat er seiner Frau schon ein paar Mal Ohrfeigen gegeben. Der gehört auch zu den Lerchen, und vielleicht gedenkst Du ebenfalls einmal in kurzer Zeit Deine Frau mit Ohrfeigen zu tractiren. — Versuche das nicht, Kaubel, ich sage Dir's, versuche das nicht.

O ja, Du kannst jetzt wohl leicht behaupten, Du dächtest nicht daran, ich sage aber weiter Nichts als versuche es ja nicht, Kaubel, Du würdest es bis an Deine Sterbestunde bereuen.

Vier volle Glockenstunden im Wirthshaus. Von was sich nur Männer ohne ihre Frauen, vier Stunden hintereinander unterhalten können, das möchte ich wissen. Von nichts Gutem, das ist ausgemacht.

Acht Groschen die Woche und Rum genug getrunken, daß ein Kahn drauf schwimmen könnte, — und geraucht wie ein Dampfbootschornstein — und ich selbst — kann's nicht so weit bringen, daß ich mir eine Elle Zeug — Es ist — scheußlich — Kaubel — sehr scheußlich — Kau — bel.

„Hier," sagt Kaubel in seinem Manuscript, „fing sie an zu gähnen und schlief mit Gottes Hülfe endlich ein."

Vierte Predigt.

Kaudel ist Nachts aus dem Bette geholt, um für Herrn Betsenberger auf der Wache Bürgschaft zu leisten.

Pfui Kaudel — pfui! Das hab' ich mir aber gedacht, daß es noch einmal so weit kommen müsse; und prophezeihte ich Dir das nicht gleich, wie Du mit den saubern Lerchen Gemeinschaft machtest?

Zu jeder Stunde in der Nacht Leute aus dem Bett zu schreien, um Trunkenbolde, die sich ein Geschäft daraus machen, ehrbare Leute zu verführen und zu ruiniren, von der Wache zu holen.

Was nur die Nachbarschaft davon denken wird, wenn Dich Polizeidiener Morgens um zwei Uhr herausklopfen.

Unsinn, rede mir nicht vor, daß dem Menschen Unrecht geschehen sei — Unrecht — ja, schönes Unrecht — das wäre mir der Rechte, und Du mußt gerade der sein, der für ihn Bürgschaft leistet.

Ich sehe auch schon, wie das Alles kommen wird, der geht durch, und Du mußt das Geld bezahlen.

Ich möchte nur wissen, weshalb ich mich jetzt das ganze Jahr plage und quäle, um jeden Pfennig zusammen zu halten, wenn Du nachher das Geld thalerweis hinter Deinen Lerchen herwirfst. Und die Erkältung, die Du morgen haben wirst, aus dem warmen Bett in so ein Wetter hinaus. Glaube nur ja nicht, daß ich Dich pflegen soll; keine Tasse Thee kriegst Du — nicht eine.

Eigentlich sollt' ich denken, gäbe es doch noch andere Ausgaben auf die Du Dein Geld besser verwenden könntest als es gerade einem solchen Pack von Ruhestörern in den Hals zu stopfen.

O ja, Du hast jetzt gut sagen, daß das Geld nicht verloren ist, es wird aber verloren werden. Daß der Mensch fortläuft, ehe sein Verhör ankommt, ist sicher, und dann kannst Du Dir ein Vergnügen mit Bürgschaftbezahlen machen.

Es wäre kein Verhör in der Sache? und das soll ich Dir jetzt glauben, Kaudel? nein, das weiß ich besser, der ist für mehr eingesteckt, als blos weil er sich mit einem Nachtwächter geprügelt hat; dafür werden Leute nicht in's Gefängniß gethan; nein, das war Raub oder Einbruch oder sonst 'was Schreckliches.

Die Leute werden nun Dich natürlich für nichts Besseres halten als ihn; denn weshalb hülfe sonst auch wohl Einer dem Andern aus der Patsche?

Du konntest es ihm nicht abschlagen, für ihn gut zu sagen? und warum nicht? Du hättest Dich als ordentlicher Mann zeigen sollen und ihn in's Gefängniß schicken lassen. Jetzt wissen die Leute nun erst recht, daß Du allen liederlichen Vagabonden und Trunkenbolden aus der Verlegenheit hilfst, und nun wirst Du wohl keine Nacht mehr Ruhe haben; jeden Augenblick werden sie Dich herausholen.

Nein Kaudel — ich bin auch nicht um Dich besorgt, aber Deine arme Frau ist's die b'runter leidet. Natürlich kommt jetzt die ganze Geschichte in die Zeitungen und es sollte mich gar nicht wundern, wenn sie sogar Dein Bild mit hineinsetzten, wie bei anderen Verbrechern.

Und die armen Kinder, die unschuldigen Würmer leiden ebenfalls darunter wenn ihr Vater in einen solchen Ruf kommt; vielleicht müssen sie gar einmal später ihren Namen ändern.

Nein; nicht allein die Mädchen, Kaudel — alle, es ist schrecklich genug, wenn sich Kinder schämen müssen, einen solchen Vater gehabt zu haben.

Ich will aber nicht schlafen. — Du hast hier gut reden, daß ich schlafen soll, wenn man auf solche Art in der Nacht gestört wird. — Da kann man nicht — schlafen.

———————

„Wunderbar ist es," sagt Kaudel in seinem Manuscript, „aber hier schlief sie wirklich ein und ich war diesmal, wenn man das Thema annimmt das sie vor sich hatte, sehr gnädig weggekommen."

— - — ·—·— - —

Fünfte Predigt.

Kaudel hat einen Freund zu sich geladen und ist, bis über Bettzeit, mit ihm aufgesessen.

Eine schöne Ordnung das — nach Mitternacht in's Bett zu kommen — und — Jesus! die Kälte — wie ein Stück Eis; das kann Einem den Tod zuziehen.

Was? ich hätte die Kohlen nicht wegzuschließen gebraucht?

So? daß der Mosje unten, die ganze Nacht hätte dableiben können, nicht wahr? Es ist überhaupt recht schön und gut, Leute Abends mit nach Hause zu bringen, Kaudel, wäre dann aber auch sehr wünschenswerth, daß sich der Herr zuerst erkundigte, was es zu essen giebt. Die wunderschöne Schweinskeule hätte noch für morgen ausgereicht — jetzt ist sie fort. Auf solche Art kann ich mit meinem Hausstandsgelde nicht auskommen; jeden Abend ein Haufe Volks, der die Schränke leer frißt — Nein, Kaudel, das geht nicht länger. Ich will nur sehen, wer Dir einmal ein Abendessen geben wird, wenn Du ein's brauchst, denn daß eine solche Wirthschaft nicht lange dauern kann, liegt auf der Hand.

Oh sei nur ruhig, ich weiß, daß ich Recht habe; zuerst werden sie Dich ausziehen bis auf's Hemd, und dann auch noch hinterdrein auslachen. — Ich kenne die Welt.

Nein, wahrhaftig nicht, Kaudel, ich glaube nicht von Jedem das Schlechteste, das brauchst Du mir nicht vorzuwerfen, ich kann aber nicht ruhig zusehen wie mir eine ganze Schweinskeule aufgezehrt wird, ohne mich selbst zu fragen was daraus werden, und wie das enden soll. Und dann mußte der Mosje auch noch Eingemachtes haben, konnte er nicht mit meinem Kraut zufrieden sein?

Nein, Kaubel — ich lasse Dich nicht schlafen. Das schickt sich auch wohl, sich da hin zu legen und zu sagen: „Laß mich schlafen," wenn Du mich bis jetzt wach gehalten hast.

Weshalb ich gewacht habe? und ich soll hier oben meinen Kopf ruhig auf's Kissen legen können, wenn ich weiß, daß unten ein Mann sitzt, der unser Ver= mögen in Rum und Zucker vertrinkt? Du solltest wahrhaftig ein reicher Mann sein, Kaubel, ein steinreicher Mann, denn Du hast solche vortreffliche Freunde; aber ich möchte nur wissen, wer Dir Rum und Zucker giebt, wenn Du ausgehst.

O Gott bewahre — kein Gedanke b'ran, mein Kraut war ihm lange nicht gut genug, und den möchte ich kennen, der besseres Kraut macht; nein, er mußte was Süßes haben; und Du auch, Kaubel, wie ein richtiger Hans=Narr — sei nur ja ruhig; ein armes, unglückliches Weib soll sich zu Tode mißhandeln lassen und nach= her noch nicht einmal ein Wort d'rein reden. — Und Du auch: ich möchte wissen, wer Dir was Süßes giebt, wenn Du Nichts mehr hast.

Besteht darauf, daß das arme Mädchen eingemachte Wallnüsse holen muß; und bei solchem Wetter, in solcher Nacht, bei einem Schneegestöber. O ja — Du hast ein weiches Herz, Kaubel, ein merkwürdig weiches Herz; aber schade nur, daß Dich die Leute nicht so kennen wie ich; ein herrliches Herz — ein vortreffliches Gemüth, das arme Mädchen in Sturm und Schnee nach eingemachten Wallnüssen hinauszujagen, wo ich es sogar noch Dir und Deinem Freunde — (auch ein präch= tiges Exemplar von einem Menschen das) — gesagt hatte, daß das arme Ding den Schnupfen und Frostbeulen an den Zehen hätte.

Nein — keinen Schnupfen an den Zehen, Kaubel — Du brauchst mir die Worte nicht im Munde herumzudrehen, ich weiß aber schon, was jetzt kommt; krank wird sie und dann kannst Du Dich auf eine herrliche Doktor= und Apothekerrechnung freuen. Ich bezahle keinen Pfennig davon, das sag' ich Dir im Voraus.

Du wolltest Du wärest todt? o ja, das ist bald gesagt, so leichtsinnige Worte sind schnell gesprochen, aber ich weiß auch, daß, wenn Einer von uns so etwas zu wünschen brauchte, so ich es bin. Fluche nur nicht auf so eine schreckliche Art, bist Du denn nicht bange, daß sich das Bett aufthut und Dich verschlingt? Und wirf Dich nicht so herum; das hilft Dir Nichts, das bringt die Schweinskeule nicht wieder, und den Rum auch nicht, den Ihr in Eure beiden Kehlen hinunter= gegossen habt.

Oh gewiß weiß ich, daß der Schlüssel stak, ich dachte d'ran sobald ich im Bette lag, und wenn es mich nur nicht so gefroren hätte, so wär' ich schon lange wieder heruntergekommen.

Ihr würdet Euch ungemein gefreut haben? o Kaudel, ich durchschaue Deine Schlechtigkeit, ich weiß wie Du das meinst, und solche Reden muß ich nun noch anhören wenn ich endlich einmal Ruhe zum Schlafen zu haben glaubte.

Du hinderst mich nicht am Schlafen? nein, Du hinderst mich nicht, schöne zwei Stunden hab' ich hier oben im Bett verlebt, wo ich Euch Beide, mit dem Schlüssel im Schranke, unten wußte, und schön mögt Ihr da gewirthschaftet haben. Ich sah Dir's gleich an wie Du in die Kammer tratst. — Ihr seid bis an die zweite Flasche gekommen. Ich freue mich nur über etwas — Du sagtest mir, ich sollte vom besten Rum, vom allerbesten, für den anderen sauberen Herrn holen lassen, der am letzten Mittwoch da war, und ich habe den billigsten besorgt, den ich bekommen konnte; wirklichen Kartoffelrum; ha — ha — ha — ich hoffe nur zu Gott, daß Ihr es Beide morgen früh spüren sollt.

Von der ganzen Schweinskeule habt Ihr nichts als den Knochen übrig gelassen, den blanken Knochen; das kann ich Dir aber sagen, daß es morgen Nichts zu Mittag als den Knochen giebt. Es ist freilich schrecklich, daß die unschuldigen Kinder darunter leiden sollen, ich kann ihnen aber nicht helfen, warum haben sie einen solchen Vater, die armen Würmer.

Beinahe eine halbe Flasche Rum und eine ganze Schweinskeule — eine Flasche Schweins — keule und — Rum — flasche —.

———

„Bei den letzten Worten," schreibt Kaudel, „übermannte sie, zu meinem Heil, der Schlaf, und ich hatte Ruhe."

Sechste Predigt.

Kandel hat einem Bekannten den Familienschirm geborgt.

Das ist nun der dritte Regenschirm seit Weihnachten.

Was Du thun solltest? ihn ohne Schirm nach Hause gehen laffen, das versteht sich doch von selbst. Ich möchte nur wiffen, was an dem verderben könnte, wenn er naß würde.

Konnte sich einen Katarrh holen? Gott, was Du nicht weißt, der sieht auch gerade wie Einer aus der sich einen Katarrh holte; und immer noch lieber einen Katarrh als unseren einzigen Regenschirm, er würde nicht gleich b'ran gestorben sein. Hörst Du den Regen, Kaudel; hörst Du, wie's braußen an die Fenster schlägt, und — so wahr wie ich lebe, wir haben heute „Siebenschläfer", sechs ganze Wochen jetzt so, ohne Unterlaß — hörst Du das, Kaudel? O mach' mir nichts weiß, wo könntest Du denn schlafen, wenn's mit solcher Gewalt gegen die Scheiben anwettert. Hörst Du das, Kaudel — hörst Du das?

Oh — Du hörst es? nun das ist ein prächtiger Schauer, um sechs lange Wochen anzuhalten und die ganze Zeit nicht aus dem Hause zu kommen.

Nenn' mich nicht albern, Kaudel; beleidige mich nicht auch noch obendrein. Und der soll den Regenschirm wiederbringen? man müßte wahrhaftig glauben, Du wäreft gestern geboren, Kaudel. Als ob jemals Einer einen geborgten Regenschirm zurückbrächte. Hör' nur, wie das stürmt — immer ärger, wie mit Eimern, und das sechs Wochen lang — ohne einen Regenschirm im Hause.

3

Ich möchte nur wissen, wie die Kinder morgen früh in die Schule kommen sollen; in der Nässe dürfen sie mir nicht gehen, das weiß ich. Nein, sie sollen zu Hause bleiben und nie wieder 'was lernen, die armen, unglücklichen Geschöpfe — lieber das, als so naß werden. Wenn sie nachher heranwachsen und groß werden, dann soll's mich nur wundern, wem sie es zu verdanken haben, daß sie Nichts wissen; wem sonst, als ihrem eigenen Vater. — Leute, die nicht einmal ein Herz für ihre eigenen Kinder haben, sollten auch nie Väter werden. Ich weiß aber wohl, weßhalb Du den Regenschirm ausgeborgt hast — o ja — ich weiß es sehr gut; ich wollte morgen zu meiner guten Mutter gehen und dort eine Tasse Thee trinken — das hast Du wohl gewußt; gerade deßhalb hast Du's aber gethan. Schweig' nur, ich weiß, daß Du's nicht leiden magst, wenn ich meine Mutter besuche, und daß Du es auf jede schändliche, nichtswürdige Art zu hintertreiben suchst. Du sollst Dich aber dies=mal verrechnet haben, Kaudel — nein — und wenn es Kieselsteine regnete — ich gehe.

Nein, ich will keine Droschke; ich möchte nur wissen, wo auch noch das Geld zu Droschken herkommen sollte; schöne hochtrabende Ideen habt Ihr da in Euerem Klub. Droschke — weiter fehlte gar nichts mehr — Droschke — vier Groschen hin und vier zurück — acht Groschen für Droschken; ich möchte wissen, wer das bezahlen sollte? ich kann es nicht, das weiß ich, und wenn Du so fortfährst, so wird's bei Dir auch nicht mehr lange dauern. Das heißt das Geld zum Fenster hinausgeworfen, Droschken bezahlen, und die Kinder zu Bettlern mit lauter Regenschirmen machen.

Hörst Du den Regen, Kaudel? hörst Du den Regen? mir ist's aber einer=lei, das weiß ich; zur Mutter geh' ich morgen, und das zu Fuß — jeden Schritt breit und Du weißt recht gut, daß mir die Nässe den Tod auf den Hals ziehen wird.

Nein, ich bin keine Närrin, Kaudel; wenn hier ein Narr ist, so bist Du's. Du weißt recht gut, daß ich keinen Mantel tragen kann, und ohne Regen=schirm muß ich mich in dem Wetter erkälten, das ist gewiß. Was machst Du Dir aber daraus? gar Nichts — ich kann krank werden und mich zu Bette legen, das ist Dir einerlei; so wird's aber auch werden, und eine schöne Doktorrechnung sollst Du zu bezahlen bekommen, darauf verlaß Dich. Ich will Dich lehren den Regenschirm auszuborgen. Es sollte mich gar nicht wundern, wenn ich mir morgen den Tod holte, deßwegen hast Du den Regenschirm aber nur weggeborgt — o ich weiß wohl.

Meine Kleider werden morgen Abend auch gut aussehen, wenn ich durch solch' ein Wetter damit gegangen bin; mein neuer Hut wird auf jeden Fall verdorben.

Ich brauche ihn nicht aufzusetzen? Ja, Kaudel — ich werde ihn aufsetzen, und nun gerade. Nein, wahrhaftig, ich gehe nicht wie eine Schlumpe über die Straße; keinem Menschen zu Gefallen. Der liebe Gott weiß es wie selten ich einmal über die Schwelle komme, ich könnte lieber gleich ein Sclave sein, vielleicht noch eher — aber nein, wenn ich einmal ausgehe, dann will ich auch anständig aussehen. Oh der Regen — es sollte mich gar nicht wundern, wenn er die Fenster zerschlüge. Es schüttelt mich ordentlich, wenn ich an morgen früh denke; wie ich zur Mutter hinkommen soll, ist mir selber noch unbegreiflich, aber gehen muß ich, und wenn ich stürbe.

Nein, Kaubel, ich borge mir keinen Regenschirm; ich will nicht, daß mir andere Leute nachsagen, ich wäre so liederlich und liefe in der Stadt herum und borgte Regenschirme.

Du willst einen neuen kaufen? Kaubel — sieh — (sich nach ihm herumwendend und mit starker Betonung) wenn Du mir einen andern Regenschirm in's Haus bringst, so werf' ich ihn aus dem Fenster, so wahr ich Margarethe heiße. Ich will meinen eigenen Schirm haben oder gar keinen.

Erst vorige Woche hab' ich eine neue Spitze daran machen lassen; wenn ich damals nur gewußt hätte was ich jetzt weiß — der hätte meinetwegen keine Spitze und keinen Griff haben können. Da muß man nun Spitzen kaufen, daß Einen andere Leute noch beßwegen auslachen. O ja, Du kannst schlafen, Dir ist Alles gleichgültig; Du denkst weder an Dein armes, geduldiges Weib, noch an Deine unschuldigen Kinder. — Du hast für weiter Nichts Sinn, als Regenschirme auszuborgen. — Männer — o ja — nennen sich Herren der Schöpfung — schöne Herren, können nicht einmal auf einen Regenschirm Acht geben.

Ich weiß wohl, daß ich mir morgen in der Nässe den Tod hole, das willst Du aber gerade, dann kannst Du in Deinen Klub laufen und thun was Dich freut, und die armen Kinder — die werden nachher schön behandelt werden; doch was kümmert Dich das. — Du bist nachher glücklich. O sei nur ruhig — ich weiß, daß ich Recht habe — Du hättest sonst den Regenschirm in Deinem Leben nicht weggeborgt. Nächsten Donnerstag sollst Du auch wegen der Schuld vor Gericht kommen; dahin kannst Du ebenso wenig gehen, denn ohne Regenschirm darfst Du mir nicht aus dem Hause: lieber die paar Thaler eingebüßt, als die Kleider verdorben; das geschieht Dir aber ganz recht; Leute, die ihre Regenschirme wegborgen, dürfen sich nicht beklagen wenn sie ihre Schulden nicht bezahlt bekommen.

Und dann möcht' ich nur wissen, wie ich morgen ohne Schirm zur Mutter kommen will.

Ich hätte gesagt, ich ginge auf jeden Fall? das hat hiermit gar nichts zu thun, nicht das Mindeste. Sie wird glauben, ich vernachlässigte sie und das Bischen Geld, was wir vielleicht einmal von ihr gekriegt hätten, verlieren wir wohl auch noch. — Sieh, das kommt Alles von dem verwünschten Regenschirm wegborgen.

3*

Und nun die Kinder gar; die armen Dinger werden wie aus dem Wasser gezogen sein, aber zu Hause sollen sie nicht bleiben; ihre Schule sollen sie deßwegen nicht versäumen. Das Bischen Lernen ist ja so noch das Einzige was ihnen ihr Vater hinterlassen wird; das ist gewiß. Sie sollen aber in die Schule gehen. Sage nur nicht, ich hätte behauptet, sie dürften nicht. Kaubel, Du bist heute in einer Laune, die einen Engel zur Verzweiflung bringen könnte. Sie sollen in die Schule gehen — hörst Du das? und wenn sie sich bis auf den Tod erkälten, das ist einerlei, meine Schuld ist's nicht; ich habe den Regenschirm nicht verborgt.

„Nach diesen Worten," sagt Kaubel in seinem Manuscript, „muß ich eingeschlafen sein, denn ich träumte, der ganze Himmel hätte sich in grünes baumwollenes Zeug mit Fischbeinstäben verwandelt und die ganze Welt ruhe unter einem ungeheuren Regenschirm."

Siebente Predigt.

Kaudel hat sich unterstanden Beschwerde über sein Mittagessen, Hammel-fleisch ohne Pudding, zu führen, und Madame Kaudel vertheidigt das Hammelfleisch.

So? — also weiter Nichts? jetzt bin ich nur neugierig was nun kommt. Also gegen Alles hat der große Herr etwas einzuwenden? gar nichts sagt ihm mehr zu? Du solltest Dir doch lieber jemand Anderes zum Haushalten hernehmen, denn es scheint als ob ich der Sache nicht mehr gewachsen wäre; ich bin blos im Wege hier, ich möchte lieber die Kinder nehmen und fortgehen.

Was ich jetzt zu toben habe? und das fragst Du auch noch? ich wollte doch wahrhaftig lieber nicht auf der Welt sein, als — da geht's schon wieder los, nicht wahr? Nein, Kaudel, ich will reden; es geschieht selten genug, daß ich den Mund aufthue, der Himmel ist mein Zeuge, aber jetzt muß ich reden. Das weiß ich wohl, daß Du Niemanden anders hören willst, als nur immer Dich selbst, Du hättest aber lieber sollen eine Schwarze, eine Sclavin heirathen, als eine ordentliche, respektable Frau.

Im Hause willst Du den ganzen Tag herumtoben und Gesichter schneiden, und ich soll kein Wort dazu sagen? nicht wahr? Wo soll denn der Pudding jeden Mittag herkommen, heh? und was für ein Beispiel giebst Du dabei Deinen leib-lichen Kindern, wenn die hören, daß sich ihr Vater, der doch alt genug ist um vernünftig sein zu können, über ein süßes, herrliches Stück Hammelfleisch beklagt und die Nase rümpft, weil er keinen Pudding bekommt. Das ist die beste Art, Verschwender aus ihnen zu ziehen; hübsche Lehren durch die Welt zu kommen. Weißt Du denn was Puddings kosten, oder glaubst Du, sie kommen zum Fenster hereingeflogen?

Du magst kein kaltes Hammelfleisch? so viel schlimmer denn, Kaudel; schämen solltest Du Dich, Du hast einen Magen für einen Grafen oder Prinzen, das ist, was Du hast.

Ragout hätt' ich daraus machen sollen? nein, Kaudel, ich wollte kein Ragout; Du kannst Dich da wohl in's Bett legen und Ragout bestellen, ich weiß aber was man in Hammelfleisch verliert, wenn's gehackt wird, eine Mittagsmahlzeit wenigstens.

O ja — andere Leute haben Pudding mit Hammelfleisch, sicher; andere Leute können das auch, und andere Leute machen auch Bankerott; wenn Du aber jemals auf die schwarze Liste kommst, Kaudel, so soll es wenigstens nicht meine Schuld sein; ich thue meine Pflicht als Frau, und Du sollst nie sagen können, daß meine Haushaltung Dich an den Bettelstab gebracht hätte. — Du magst jetzt über kaltes Fleisch schimpfen, ich will aber nur zu Gott hoffen, daß Du den Tag nie erleben mögest, wo Du Dich nach so einem Stück Hammelfleisch sehnst, wie wir heute gehabt haben. —

Du auch? das magst Du auch, und wenn Du zehnmal drohst in ein Wirthshaus gehn und dort essen zu wollen, so kann ich Dir doch nicht helfen. Mit unseren jetzigen Mitteln bekommst Du von mir kein Stück Pudding zu sehen, keine Krume, und nichts anders als das kalte Hammelfleisch, so wahr ich eine arme christliche Sünderin bin; jetzt weißt Du's.

Aha — nun wirfst Du mir wieder die Hühner vor — ich weiß wohl, daß Du mir einmal ein Paar mit nach Hause gebracht hast; ich weiß es, und Du warst nachher knickerig genug sie mir von meinem Wochengelde abziehen zu wollen; o die Erbärmlichkeit — die Eigennützigkeit der Männer! — Aus dem Hause gehn sie und werfen das Geld nicht groschenweis, nein thalerweis auf die Straße und vergeuden es an Leute, von denen sie hinterdrein nur noch ausgelacht werden, aber wenn sie etwas für ihren eigenen Hausstand anschaffen sollen, dann können ihre armen Weiber sehen wie und auf welche Art sie's bekommen. Es wundert mich wirklich, daß Du Dich nicht schämst die Hühner noch einmal in den Mund zu nehmen; ich wenigstens, möchte mich um Alles in der Welt nicht so in den Augen einer Frau herabsetzen.

Was willst Du thun? aufstehen? höre, Kaudel, mache Dich nicht lächerlich; ich kann den Mund nicht aufthun und, wie andere Frauen, eine Meinung äußern, ohne baß Du gleich oben hinausfährst und mit Aufstehen drohst. Du schämst Dich gar nicht.

Puddings — Puddings — ja — weiter fehlte Nichts, als immer nur Puddings. Haft Du nicht vor drei Wochen gekochten Reis gehabt? und ist dies denn überdies die Zeit für Puddinge? Das wäre auch noch Alles recht gut, wenn ich Geld genug bekäme eine Wirthschaft ordentlich zu führen. O ja, dann könnt' ich auch Eingemachtes haben, aber so — nein Kaubel, es ist schändlich, schmutzig von Dir, daß Du nur so etwas verlangst.

Aepfel sind nicht so theuer? So? was Du nicht von Aepfeln weißt; ich kenne die Preise, Kaubel, ich kenne sie, ohne daß Du Deinen gewichtigen Senf dazu giebst; ich sollte aber denken, es gehörte mehr zu einem Pudding als blos Aepfel; Zucker kostet doch auch etwas, heh? oder bekommst Du den zu, wenn Du Aepfel kaufst? So ist es aber, so kommt eine Ausgabe nach der anderen und auf die Art ruiniren sich die Leute.

Pfannkuchen? warum wälzt Du Dich denn im Bett herum und brummst „Pfannkuchen"? bekömmst Du nicht jede Fastnacht Pfannkuchen, und kann irgend ein mäßiger, anständiger Mann mehr verlangen?

Pfannkuchen — ja wohl — weiter fehlte gar Nichts; ach — bemüh' Dich nicht mir gute Worte zu geben, daß ich Dich schlafen lasse; es geschieht nicht. Sag' einmal, weißt Du wohl zufällig was jetzt die Eier kosten? keins ist zu bekommen, dem Du unter fünf bis sechs Pfennig das Stück trauen dürftest; so, nun brauchst Du nur nachzurechnen wie viele Eier — o — liege nicht da und verwünsche mit so gottesläfterlichen Worten die liebe Himmelsgabe, die Eier, Kaubel, die Haut schaudert Einem ja vom bloßen Zuhören. Und Du nennst Dich einen achtbaren Kaufmann? o, ich wollte nur, die Welt kennte Dich wie ich Dich kenne; verfluchst Eier; aber Kaubel, ich will Dir nur sagen daß ich mir diese Behandlung nicht länger gefallen lasse. Ich bin es müde so behandelt zu werden, und es ist mir jetzt einerlei, wie bald der Sache ein Ende gemacht wird.

Ich weiß doch gewiß daß ich weiter Nichts thue als mich plage und quäle und das ist mein Lohn nachher. Die Frau möcht' ich sehen, deren Hammelskeulen länger ausreichten als die meinigen. So ist es aber, wenn ich Dein Geld aus dem Fenster würfe, oder Putz und Flitterwerk dafür anschaffte, dann würdest Du Dir mehr aus mir machen. Die Frau, die sich mit ihrem Mann und ihren Kindern aber quält, wird immer nur als Magd behandelt, die leichten Hei-di-del-di-Weiber haben allein die beste Zeit von allen.

Was liegst Du jetzt da und stöhnst? deßwegen hör' ich doch nicht auf, das solltest Du wenigstens wissen; oder denkst Du Deinen Willen allein durchzusetzen? Nein, Kaubel, daraus wird Nichts, das kann ich Dich versichern. Du glaubst auch wohl, Du kannst auf mein Essen schimpfen und das Hammelfleisch ansehen als ob Du es verschlingen wolltest.

Du wolltest es gar nicht verschlingen? das weiß ich wohl, um so viel schlimmer ist es; brauchst mir das auch gar nicht noch einmal vorzuwerfen; es ist ein gutes, gesundes Stück Fleisch, Kaubel, und tausende leben, tausend bessere Männer als Du Einer bist, Kaubel, die dem Himmel für eben solches Hammelfleisch danken würden. Ich soll dann immer kein Wort sagen und ruhig zusehen, aber nein, Kaubel, da hast Du die Rechnung ohne den Wirth gemacht. Ich will reden, und will Dir sagen, Kaubel, daß die Art in der Du mich behandelst, schändlich, abscheulich und eines Mannes unwürdig ist. Ich wollte auch nur, die Stadt wüßte was Du für ein Mann bist. Sie soll es aber hoffentlich eines Tages erfahren.

Pudding — o ja — ich werde wohl jetzt weiter Nichts zu hören bekommen als Pudding, und immer wieder Pudding; ich weiß auch recht gut, wie das nachher weiter ginge. Zuerst möchtest Du alle acht Tage einen Pudding, oh ich kenne Deine Verschwendung; und dann Fisch — und dann sollt' es mich gar nicht wundern wenn Du auch Braten verlangtest — natürlich, und zuletzt gar noch ein Dessert. — O ja, ich sehe das Alles so klar und deutlich wie das Deckbett hier vor mir, aber nein, Kaubel, nein und abermals nein; wenigstens nicht so lange ich lebe. Was Deine zweite Frau thun mag, das weiß ich nicht; sie ist vielleicht eine Dame, wer weiß; ich will aber Deinen Ruin nicht zu verantworten haben — ich nicht, Kaubel.

Puddings — o ja, weiter fehlte gar Nichts als nur Puddings — Pud — pub — bings — pub. —

_____

„Die erschöpfte Natur," schreibt Kaubel, „konnte nicht länger widerstehen; hierbei schlief meine Frau glücklicherweise ein."

— — —•◄►•— — —

Achte Predigt.

Kaudel ist Freimaurer geworden und Madame Kaudel hierüber nicht allein empört, sondern auch neugierig.

Kaudel! — Kaudel! Du kannst doch unmöglich schon schlafen; höre, Kaudel, was ich Dir sagen wollte; sieh' — wir können die Sache ganz unter uns und vollkommen ruhig abmachen, aber ich bin endlich mit mir in's Reine gekommen — Kaudel — ich bleibe nicht länger bei Dir. Entweder erfahre ich jetzt Alles haarklein, was Du heute Abend getrieben hast, oder ich verlasse morgen das Haus.

Da hört meiner Meinung nach der Ehestand auf, wenn das Vertrauen zwischen Mann und Frau aufhört; sobald ein Mann einmal ein Geheimniß hat, und will es nicht mit der Frau theilen, dann ist auch die Liebe vorbei. —

Schöne Geheimnisse müssen das übrigens sein, wenn sie die Frau nicht einmal wissen darf. Sicherlich keine Geheimnisse für anständige Personen.

Nun komm, Kaudel, sieh' — laß uns nicht zusammen streiten, sei vernünftig, und sage, was Ihr da heute vorgehabt habt. Wahrscheinlich war's lauter Unsinn, und es ist in der That nicht deßhalb, als ob ich mir viel daraus machte es zu erfahren, aber wissen möcht' ich's doch gern. Nun komm, sei gut, Kaudelchen.

Es ist gar nichts? nein, Kaudel, das weiß ich besser, so dumm bin ich nicht; ich weiß wohl, daß es Viel ist, aber erzähle mir auch etwas davon. Sieh', Kaudel, ich könnte Dir gar Nichts verschweigen, ich müßte Dir Alles sagen, davon bist Du auch überzeugt. — Nun? —

Kaubel, Du bist störrisch genug, um eine Heilige zu ärgern; glaube nur ja nicht, daß ich Dich jetzt schlafen lasse, ich denke gar nicht b'ran. Meinst Du denn überhaupt, ich würde Dich je ruhig hingehen und einen Freimaurer werden lassen, wenn ich nicht ebenfalls das Geheimniß erfahren sollte? Nicht daß es etwa groß des Erfahrens werth wäre; darum will ich's aber gerade wissen.

Gut — ich kann mir schon denken was es ist, Du brauchst mir's gar nicht zu sagen. Das Geheimniß ist das: Eure armen Weiber schlecht zu behandeln und zu tyrannisiren; weiter nichts als Sclaven aus ihnen zu machen, das ist die ganze Bescheerung. Ja, es muß 'was Derartiges sein, Ihr würdet Euch sonst nicht schämen, es bekannt werden zu lassen. Was recht und gut ist, braucht nie im Geheimen und Dunkeln abgemacht zu werden.

Ihr seid nicht im Dunkeln? das bleibt sich ganz gleich; es ist eine Beleidigung für eine Frau, wenn ihr Mann Freimaurer ist, und sie nichts davon wissen läßt; aber leider Gottes erfährt sie's doch, wenigstens einen Theil davon, denn schöne Ehemänner sind das nachher. O ja, ein Theil vom Geheimniß ist das, sich mehr um die ganze übrige Welt als um ihre Frauen und Kinder zu bekümmern. Ich sollte übrigens denken, ein richtiger Mann hätte schon genug zu Hause zu sorgen, ohne sich noch viel mit der übrigen Welt, die ihn eigentlich gar nichts angeht, zu befassen.

Wahrscheinlich nennen sie Dich nun auch Bruder Kaubel. Ein schöner Bruder, das muß wahr sein. Putzt sich heraus mit einer Schürze an, wie ein Chausseearbeiter, denn weiter seht Ihr doch nichts ähnlich. Ich möchte nur wissen, weshalb Ihr die Schürze vorbindet, 'was Ordentliches hat das sicher nicht zu bedeuten, das ist gewiß. Na, ich sollte für ein oder zwei Tage Königin sein, weiter wollt' ich Nichts, den Freimaurern aber und dem andern Unsinn macht' ich ein Ende, darauf kannst Du Dich verlassen.

Nun komm, Kaubel, wir wollen uns nicht zusammen zanken — wie? Du hast doch keine Schmerzen, Kaubelchen? komm, sag' was sind das Alles für Heimlichkeiten? Nun, was liegst Du da, und lachst? Ich bin aber wirklich eine Närrin, daß ich mir nur die Mühe gebe solches Unsinns wegen.

Du willst mich das Geheimniß also nicht wissen lassen? Du willst es für Dich behalten, so? Nun, Kaubel, dann muß ich Dir nur eins sagen. Du weißt, es hält ungemein schwer mich zu reizen und aufzubringen, es hält sehr schwer, und nicht etwa, daß ich mir aus dem Geheimniß selbst etwas machte, nein, wahrhaftig, ich möchte keinen Knopf b'rum geben, es zu erfahren, aber die Verachtung kränkt mich, Kaubel — die überlegte Bosheit ärgert mich, die einen Mann dazu treibt, etwas für sich zu behalten, wovon er seiner Frau sein ganzes Leben lang kein Wort sagt.

Mann und Frau sollen eins sein. — Ja wohl — das möcht' ich einmal sehen wie das möglich wäre, wenn der Mann ein Freimaurer ist, wenn er ein Geheimniß auf dem Herzen hat, was ihn und seine Frau auseinander hält. Ihr Männer macht die Gesetze, und seht Euch auch schon deshalb vor, daß Ihr Alles so einrichtet wie es Euch zu Euren Karten paßt; wenn das nicht wäre, so müßte eine Frau das Recht haben sich scheiden zu lassen, wenn ihr Mann unter die Freimaurer geht; denn dadurch behält er sich einen Eckschrank in seinem Herzen, einen geheimen Winkel in seinen Gedanken vor, in dem seine arme Frau nicht aufräumen und nachsehen darf.

Kaudel, ich lasse Dich eine ganze Woche lang nicht schlafen, Du sollst keine Viertelstunde Ruhe haben, bis Du mir etwas davon erzählst. Nun komm, sei doch nicht so brummig, Kaudelchen, Du weißt ja doch wie lieb ich Dich habe. — Sieh' Kaudel, ich wüßte Nichts auf der Welt, was ich Dir abschlagen könnte, davon bist Du auch überzeugt, solltest es wenigstens sein und ich wünsche nur daß ich ein Geheimniß wüßte. Es lebt ja Niemand auf der ganzen Welt, dem ich es lieber anvertrauen möchte als gerade Dir, meinem lieben Mann; es würde mich rein elend machen, wenn ich es für mich behalten müßte; das weißt Du auch, nicht wahr, Kaudelchen?

Hat es schon je einen solchen Mann gegeben? Mann? nein, wahrhaftig, Du bist gar kein Mann, ein Wüthrich, ja, Kaudel, ein herz= und gefühlloser Barbar bist Du, wenn Du mir mit so wenigen Worten Deine Liebe auf eine so klare und schöne Art beweisen könntest, und es doch nicht thust.

Ich habe ja gar Nichts dagegen daß Du ein Freimaurer bist, Kaudel, nicht das Mindeste, nein, ich glaube sogar daß es etwas ganz Gutes und Nützliches ist, nur daß Du ein Geheimniß daraus machen willst, das kränkt mich; aber — nicht wahr? — Du sagst es mir? Deiner Margareth, nicht wahr Kaudel, der sagst Du's?

Nein? Du willst nicht? Du bist ein Barbar, Kaudel, das ist was Du bist.

Ich weiß aber wohl warum Du Nichts sagen willst — Du schämst Dich, daß sie Dich so zum Narren gehabt haben, und magst es jetzt nur nicht eingestehen, weiter ist's Nichts, und das jetzt noch, in Deinem Alter — ein Familienvater — schämen solltest Du Dich in Dein Herz hinein, Kaudel. Wahrscheinlich wirst Du nun auch jeden Abend in die Loge, wie sie's nennen, laufen wollen; nicht wahr? o ja — Loge; das mag ein schöner Platz sein, wo sie keine Frauen hineinlassen. Hübsche Sachen mögen da vorgenommen werden; und dann nennt Ihr Euch einander Brüder; o ja, nichts als Brüder, dann seid Ihr ja auch Verwandtschaft genug beisammen, und braucht Euch an die andere gar nicht mehr zu kehren. — Ich weiß aber wohl, weßhalb die ganze Freimaurerei ist; es soll nur eine Entschul= digung sein daheim von Euren Frauen und Familien mit guter Manier fortzu=

kommen, damit Ihr ungestört trinken und hochleben könnt — das ist das Geheimniß. Und nachher auch noch Frauen zu kränken, sie so zu behandeln, als wenn sie nur untergeordnete Geschöpfe wären, denen man kein Vertrauen schenken könnte und dürfte; das ist das Geheimniß, weiter Nichts.

Nun komm — Kaubel, laß uns nicht mit einander streiten; ja, ich weiß wohl, daß Du Schmerzen hast, armer Kaubel; nun komm, lieber, bester Mann — Kaubel — Kaubel —

„Weiter erinnere ich mir Nichts mehr," schreibt Kaubel, „denn hier schlief ich, dem Himmel sei Dank, ein."

Neunte Predigt.

Kaudel ist auf dem Jahrmarkt gewesen.

So, Kaudel? also auf dem Jahrmarkt bist Du gewesen?

Woher ich das weiß? ja frag' mich nur, Kaudel — Alles weiß ich was Dich angeht, Kaudel, und mehr noch als Du denkst. Wie Du nur aus dem Hause gingst, merkte ich gleich daß Du etwas vor hättest, ich sah es Dir an den Augen an, wenn ich auch Nichts sagte. Es wird aber fast zu arg — und Du nennst Dich einen achtbaren Mann? einen Familienvater? und gehst in Deinem Alter zwischen all' das rohe, fremde Volk auf einen Jahrmarkt? Daß Du dann noch wenigstens daran denken solltest Deine Frau einmal mitzunehmen, und ihr auch ein Vergnügen zu machen, aber o nein, Gott bewahre! Du kannst schon gehen, findest auch Leute, mit denen Du gehst, wenn ich sie auch nicht kenne, aber Deine arme Frau kann zu Hause sitzen bleiben und sich plagen und quälen, dazu ist sie da, während Du mit Fremden den Angenehmen spielst. Sei nur ruhig, Kaudel, ich hab' es schon von andern Leuten gehört, was für ein guter Gesellschafter der Herr Kaudel ist, und wie gutmüthig und munter dabei. Ich wollte nur, die Leute könnten Dich einmal zu Hause sehen; weiter wünsch' ich Nichts. So ist es aber mit den Männern; von ihrer guten Laune bekommt die Frau im Leben Nichts zu sehen. Du lieber Gott, es ist doch entsetzlich, wenn man so bedenkt, wie schlecht es eine arme, verlassene Frau hat.

Nein, Kaubel, ich bin nicht böser Laune, keineswegs; ich weiß wohl daß ich früher, als wir noch nicht lange mit einander verheirathet waren, manchmal so thöricht sein konnte mich über dergleichen zu ärgern, und daß ich mich halb zu Tode ängstigte und grämte, wenn Du einmal ausgegangen warst; darüber bin ich aber hinaus. Wer dankt es einer armen Frau auch, wenn sie daheim sitzt und sich sorgt? Niemand. Nein, die sich am wenigsten um ihre Familien bekümmern, von denen hält man am meisten. Ich wollte, ich könnte es auch dahin bringen, daß ich mir nichts mehr aus meiner Familie machte.

Warum konntest Du es denn aber nicht ordentlich und gerade heraus sagen, wie Du fort gingst, daß Du auf den Jahrmarkt wolltest, eh?

Du hättest damals noch nicht daran gedacht? o Kaubel, was hilft es Dir nur, jetzt noch zu lügen! Du bist schon mit der Absicht hier fort= gegangen, und weißt das besser als ich es Dir sagen könnte.

Warum ich es dann sage? weil Du das gar nicht genug hören kannst wie Du Deine Frau behandelst. Und schöne Spiele werdet Ihr dort gespielt haben, ich hätte nur mögen immer hinter Dir sein, das wünsch' ich, weiter Nichts, und Du in Deinem Alter. — Und ich soll im Leben nicht ausgehn, Gott bewahre; ich bleibe immer zu Hause bei der Katze. Daß Du einmal Deine Frau und Kinder mit auf den Jahrmarkt genommen hättest, wie es andere ordentliche Männer auch thun, o nein. Ich glaube wahrhaftig, es ist Dir nicht einmal recht mit uns gesehen zu werden, Du schämst Dich wohl gar unser.

Du schämst Dich nicht? nein, das weiß ich, Kaubel, um so mehr Schande für Dich daß Du Dich nicht schämst. Manche Leute wissen gewiß noch gar nicht daß Du verheirathet bist, weil sie Dich nie mit Deiner Frau und Deinen Kindern gesehen haben, o nein, jeder Andere lieber als Deine Familie.

Jahrmarkt — schönes Betragen für einen Ehemann, auf einem Jahrmarkt allein herum zu hetzen, Reihe hinauf und Reihe hinunter, mit Gott weiß wem. Sei nur ruhig, ich weiß wie Du's machst wenn Du draußen bist. Du glaubst doch wohl nicht, Kaubel, daß ich den rothen Hut vergessen habe? was?

Nein, ich werde nicht ruhig sein, und ich bin auch keine Närrin; das ist ganz einerlei, und wenn die Geschichte mit dem rothen Hut auch vor funfzig Jahren war, so bleibt sich das vollkommen gleich; ja wenn ich noch funfzig Jahre lebte, würd' ich die Geschichte nicht vergessen, und noch davon reden. Du solltest Dich schämen, Kaubel. Wie wenig Frauen wären Dir das gewesen was ich Dir gewesen bin, ich wollte aber nur, ich hätte das Alles noch einmal vor mir, ich würde diesmal klüger handeln, darauf kannst Du Dich verlassen.

Jahrmarkt! — Da hast Du Dir auch natürlich von den Zigeunern wahr= sagen lassen, versteht sich; nun das Geld hättest Du sparen können, Deine Zu=

kunft kann ich Dir auch prophezeihen, wenn Du so fortlebst. Ja — im Schuld=
thurm wirst Du einmal Dein Leben beschließen, Kaudel. Das würde aber gar
Nichts ausmachen, gar Nichts, Kaudel, wenn Du nur nicht Dein armes Weib
und Deine unschuldigen Kinder mit in's Elend hineinrissest. — Aber nein — auf
den Jahrmarkt mußt Du, und auf einem Esel reiten auch —

Du bist auf keinem Esel geritten? ja das kannst Du freilich jetzt sagen;
ob ich Dir's aber glaube, ist eine andere Sache. Nein, Kaudel, ich weiß wie Du's
treibst wenn Du draußen bist; und keinem von Euch möchte ich trauen, Dir aber
am allerwenigsten.

Und dann natürlich mußt Du mitten in die Menschenhaufen hinein, in's Ge=
dränge mit Mädchen und Frauen.

Du konntest Nichts dafür, wenn Dich Mädchen und Frauen
drängten? Das ist eine schöne Behauptung, wer heißt Dich denn hingehen,
Kaudel? Ein Mann in Deinen Jahren hat gar Nichts zwischen Mädchen und
Frauen zu thun, und noch viel weniger Unsinn zu treiben und sich in Schaukeln
zu setzen.

Du hättest in keiner Schaukel gesessen, und ich wär' eine
Närrin daß ich das glaubte? dann hast Du Dich doch wenigstens hineinge=
wünscht, das weiß ich gewiß, und das ist eben so schlimm. — Und dann in Buden
hineinzugehen. — Siehst Du wohl — Du läugnest das gar nicht, Du bist in
Buden gewesen.

Was das weiter ist, Kaudel? sehr viel ist das, außerordentlich viel.
Das Gedränge und Gedrücke erst, in den Plätzen, ist für einen verheiratheten
Mann, noch dazu in Deinem Alter, etwas Unerhörtes. Schöne Plätze das für
einen Familienvater. Nein — ich will nicht ruhig sein, ich habe ein Recht
zu reden. O ja, drohe nur mit Aufstehen, das alte Lied sobald ich den Mund
aufthue. Ich soll nicht einmal reden, aber Du willst auf Jahrmärkte gehen
und schaukeln und Pfänderspiele spielen. — Bah, es ist ordentlich widerlich,
und wenn ich wie Du wäre, Kaudel, kröche ich unter die Decke und schämte mich
zu Tode.

Was mich aber noch am allermeisten von Dir kränkt, und mir gar so knickerig,
gar so erbärmlich vorkommt, ist daß Du Dir einen ganzen Tag Vergnügen machen
kannst, und den armen Kindern nicht einmal ein paar Pfeffernüsse mitbringst.

Mehr wie ein Pfund Pfeffernüsse hätten sie Dir aus der
Tasche genommen? Schöne Gesellschaft muß das sein, in der Du Dich herum
getrieben hast, wenn sie Dir gar die Taschen plündern. Darüber werd' ich ja aber
wohl das Nähere morgen erfahren. — Natürlich hast Du auch in der Krone ge=
tanzt, versteht sich; ich hätte Dich nur dabei sehen mögen.

Nein, Kaubel, ich mache mich nicht lächerlich; Du bist der, der sich lächerlich gemacht hat, und Jeder der Dich kennt sagt das auch. Jeder weiß, was ich schon von Dir ertragen habe.

Auf einen Jahrmarkt gehen — in Deinem —

„Hierbei," sagt Kaubel, „fing ich an einzuschlafen, und hörte nur noch die unter einander gemischten Wörter von Buben — Pfefferkuchen — rothem Hut — Schaukeln — Zigeuner —"

Zehnte Predigt.

Ueber Kaudel's Hemdknöpfchen.

Nun Kaudel, ich hoffe wenigstens daß Du jetzt in einer etwas besseren Laune bist, als heute Morgen. — Du brauchst nicht anzufangen zu pfeifen, man legt sich nicht in's Bett um zu pfeifen; das sieht Dir aber ähnlich, ich kann den Mund nicht aufthun, ohne daß Du mich beleidigst. — Früher glaubte ich immer, Du wärst die beste Seele von der Welt, jetzt kehrst Du nur die rauhe Seite nach außen.

Ich soll Dich schlafen lassen? nein, ich will Dich nicht schlafen lassen. Dies ist die einzige Zeit wo ich mit Dir sprechen kann, und da sollst Du mich hören. Den ganzen Tag werd' ich gestört und umgangen und ich will doch sehen, ob ich nicht wenigstens Abends ein Wort reden darf, was überdies selten genug geschieht, der Himmel weiß es. Also weil Dir jetzt einmal ein Knopf am Hembe gefehlt hat, mußt Du beinahe das Dach vom Hause herunter fluchen?

Du hast nicht geflucht? Du weißt gar nicht was Du in der Hitze thust, Kaudel.

Du warst nicht in der Hitze, Kaudel? nun dann weiß ich wohl am Ende auch gar nicht einmal mehr was Hitze ist; das, denk' ich, sollte ich denn doch wissen. Ich habe lange genug mit Dir gelebt, um wenigstens das zu lernen. S'ist aber jammerschade, daß Du über weiter Nichts zu klagen hast, als eines Hembknöpfchens wegen. Wenn Du nur eine von den andern Frauen hättest, dann follteft Du erft einfehen was Du an mir haft, Kaubel, das weiß ich. Den ganzen Tag lauf' ich mit Nadel und Zwirn herum, und um Dir und den Kindern in einem fort aufzuwarten, wird ein ordentlicher Sclave aus mir gemacht. Und welchen Dank hab' ich dafür? wenn nur ein einziges Mal ein Knopf am Hembe fehlt. —

Was rufft Du „oh" — heh? ich sage es wieder, Kaubel, ein einziges oder auch zwei, höchstens dreimal. Und das ist gewiß, keines Menschen Knöpfe in der ganzen Welt werden besser nachgesehen als Deine, Kaubel. Ich wollte nur, ich hätte die Hemben aufgehoben die Du hatteft als wir uns heiratheten; ich möchte wissen wo die Knöpfe da mals saßen. —

Ja — es ift der Rede werth; so machft Du es aber jedesmal. Erft wirft Du wüthend und tobst und lärmst, und wenn ich nur den Mund aufthue, so willft Du mich nicht hören. Auf die Art versucht Ihr Männer immer das Wort zu behalten und die armen Frauen sollen die Lippen nicht auseinander bringen.

Eine schöne Idee haft Du aber von einer Frau; Du glaubft wohl, sie hat an nichts Anderes zu denken als an ihres Mannes Hembenknöpfe? ein herrlicher Begriff vom Eheftande, das muß wahr sein. Ach, wenn wir armen Frauen nur immer im Voraus wüßten was wir zu erdulden hätten, bald an Knöpfen, bald an dem und an jenem, wenn wir's nur im Voraus wüßten, der Mann müßte noch geboren werden, dem man sich dann für sein ganzes Leben lang zum Sclaven hingäbe.

Was sie denn thun sollten, Kaubel? nun sich doch ohne Euch behelfen, natürlich, und viel besser würden sie dabei fahren; das ift gewiß.

Uebrigens glaube ich jetzt noch nicht daß der Knopf wirklich am Hembe gefehlt hat. — Du haft ihn abgerissen, Kaubel, damit Du nur was zu zanken hätteft. Oh Du kannft Einen genug ärgern, wenn Du nur willft. Ich sage nur, es kommt mir wirklich sonderbar vor daß kein Knopf an dem Hembe gewesen sein sollte, denn das weiß ich, daß keine Frau eine größere Sclavin von ihres Mannes Hembknöpfen ift als ich es bin. Ich sage nur, es kommt mir sehr sonderbar vor.

Nun ich habe wenigftens den Troft, daß es nicht lange mehr dauern kann. Dein Temperament hat mich aufgerieben und ich werde Dir nicht lange mehr zur Laft fallen.

Ja — Du magft lachen, Kaubel, und ich weiß auch Du würdeft lachen, ich zweifle gar nicht daran. Das ift aber Deine Liebe, das ift Deine Zärtlichkeit. Ich fühle es wie ich mit jedem Tage schwächer und schwächer werde, trotz dem daß ich Nichts b'rüber sage; aber wenn ich nur erft einmal nicht mehr bin, dann wollen wir doch sehen wie Dir Deine zweite Frau nach den Hembknöpfen sieht. Dann wirft Du den Unterschied finden. Ja, Kaubel, dann wirft Du auch an mich zurück denken und ich hoffe zu Gott, daß Du nie wieder einen gesegneten Knopf am Leibe hast.

Nein — ich bin kein rachsüchtiges Weib, Kaudel, Niemand wie Du hat mich noch so genannt. — Was sagst Du?

Niemand hat mich auch noch so genannt, wie Du? das hat gar Nichts hiermit zu thun — o Kaudel, ich möchte Dein reizbares, gehässiges Temperament nicht haben, nicht um alle Schätze der Welt. Es ist nur ein Glück, daß ich nicht so streitsüchtig bin wie Du; das würde sonst eine schöne Wirthschaft hier im Hause werden. — Ich wünsche übrigens weiter Nichts, als daß Du eine Frau bekommen hättest die wirklich ihre Zunge gebrauchte — dann hättest Du den Unterschied gesehen. So aber suchst Du mich zu unterdrücken, weil ich, wie eine gutmüthige Närrin die ich bin, nie etwas sage. Ich wollte mich in Deiner Stelle schämen, Kaudel, bis in meine Seele hinein schämen.

Und ein schönes Beispiel giebst Du dabei Deinen Kindern; Du wirst die Jungen so schlimm machen wie Du selber bist. So lange das Frühstück dauerte, von weiter Nichts als Hemdknöpfen zu sprechen, und noch dazu an einem Sonntag Morgen. Und Du nennst Dich einen Christen? Ich möchte nur wissen was die Kinder einmal von Dir denken, wenn sie größer werden, und das Alles wegen eines erbärmlichen Knopfs am Aermel — ein anständiger Mann hätt' es nicht einmal erwähnt.

Warum ich meinen Mund nicht halte? weil ich nicht will — Kaudel — sieh darum, gerade darum. Ich soll meinen Frieden untergraben sehen; soll eines erbärmlichen Knopfes wegen in das Grab hineingeärgert werden und dann auch noch den Mund halten? so machen es aber die Männer — so machen sie es jedesmal. Ich weiß aber was ich in Zukunft thue. Jeder Knopf den Du am Leibe hast, mag abfallen, ehe ich wieder einen Faden anrühre. Ich bin doch neugierig was Du dann thun wirst.

Oh — Du willst sie Dir von jemand Anderem annähen lassen? Das schickt sich herrlich für einen Ehemann, seiner Frau damit zu drohen, und einer solchen Frau noch dazu, wie ich Dir stets gewesen bin — einer wahren Sclavin Deiner Knöpfe, wie ich mit Recht sagen kann. Jemand Anderem zum Annähen — so? Nein, Kaudel, nicht so lange ich lebe! Wenn ich einmal todt bin, — und nach dem was ich hier zu erdulden habe, kann kein Mensch sagen wie bald das nicht geschehen mag — wenn ich einmal todt bin — was für ein hartherziges Ungethüm Du sein mußt, so schnarchen zu können!

Du schnarchst nicht — ja wohl, das sagst Du immer, das bleibt sich aber auch gleich, — Du mußt also Jemand Anders zum Annähen haben, so? ei sieh einmal. Es sollte mich auch gar nicht wundern; jetzt würde mich Nichts mehr überraschen. Die Leute haben mir es freilich schon lange gesagt, daß es so kommen würde, ich wollte es nur immer nicht glauben, aber die Knöpfe haben mir auf einmal die Augen geöffnet.

Doch Dein Betragen soll die ganze Welt erfahren, Kaudel — jetzt das und mir, Deiner Frau — einer solchen Frau — Jemand Anderes die Knöpfe annähen — Ich soll nicht mehr Herrin in meinem eigenen Hause sein. O Kaudel, ich möchte das nicht auf meiner Seele haben, nicht um die Welt. — Ich möchte meine Frau nicht so behandelt haben.

Nein, Kaudel, ich bin nicht verrückt — aber Dein Kopf ist verdreht, oder gar Dein Herz, und das wäre noch schlimmer, denn ich kann nicht einmal von einem Hembenknopf reden, ohne daß ich in meinem eigenen Hause beleidigt werde.

Du hast ein Herz wie ein Stein, Kaudel, — wie ein harter — felsenharter Stein; drohst mir, eines erbärmlichen Knopfes wegen — eines — elenden — Knop — fes — s — s —

————

„Die Natur erlöste mich hier, wenigstens für diese Nacht, von allen weiteren Debatten," sagt Kaudel — „mein Weib schlummerte."

Elfte Predigt.

Madame Kaudel spielt darauf an, wie angenehm Kaudel leben würde, wenn ihre „gute Mutter" bei ihnen wohnen könnte.

Fühlst Du Dich heute Abend etwas wohler, Kaudel? Ja? nun das dacht' ich mir; morgen wird es schon wieder ganz gut sein. — Ja, guter Kaudel — Du nimmst Dich nur nicht genug in Acht — Du hältst nicht genug auf Deine Gesundheit, Kaudel, und das solltest Du doch eigentlich, wenn es nur meinethalben wäre. Ich weiß wahrhaftig nicht was ich angäbe, wenn Dir etwas zustieße, Kaudel, ich darf gar nicht d'ran denken — es wäre schrecklich. Du solltest Dich wirklich mehr in Acht nehmen, Du weißt, Kaudelchen, daß Du so wenig vertragen kannst.

War meine gute Mutter heute nicht recht vergnügt bei uns? O Du mußt nicht gleich schlafen, Kaudel — war sie nicht recht vergnügt?

Du weißt es nicht? — Wie kannst Du nur sagen, Du wüßtest das nicht? Das mußt Du doch gesehen haben. Bei uns fühlt sie sich aber immer wohler und glücklicher, als irgend wo anders. Nein, was für Gemüth die Frau hat — so sanft und weich — wie Seide; Nichts kann sie reizen oder aufbringen. Und wenn Du nur wüßtest wie sie immer Deine Partie nimmt, Kaudel. Das ist gewiß, und wenn Du zehnmal ihr eigener Sohn gewesen wärest, sie könnte Dich nicht lieber haben. Glaubst Du nicht auch, Balthasar? wie — lieber Mann? — Nun so antworte doch!

Woher Du das wissen sollst? — o Unsinn, Kaudel, das mußt Du
doch gesehen haben. Der guten Frau macht Nichts auf der ganzen Welt eine solche
Freude, als wenn sie Dir etwas recht zu Gefallen thun kann.

Weißt Du wohl noch, der heiße Grog, wie Du am Donnerstag Abend nach
Hause kamst? Das hatte blos die gute Mutter angestellt. „Margareth," sagte sie
zu mir, „sieh nur wie es draußen stürmt und tobt, Kaudel wird gewiß gern
etwas Warmes haben, wenn er aus dem Wetter kommt." Sie ließ auch nicht nach,
ich mußte den Grog machen. — Aber schlafe doch nicht, Kaudel, höre mir nur
fünf Minuten zu; ich spreche doch, weiß es Gott, selten genug. — Und was sie für
einen Spektakel macht wenn Du aus bist, und Deine Pantoffeln nicht an's Feuer
gesetzt sind.

Sie ist sehr gütig? Ja, das weiß ich, Kaudel, das ist sie. Und arbeitet sie nicht jetzt schon seit sechs Monaten — ich hab' es ihr eigentlich versprechen
müssen, Dir Nichts davon zu sagen, — seit sechs Monaten an einer Uhrtasche für
Dich? Und das mit ihren Augen und in ihrem Alter. — Denke nur, Kaudel.
Und was sie für eine Köchin ist. — Delikatessen kann sie mit fast gar Nichts zu-
bereiten. Ich habe gewiß mein Möglichstes versucht es ihr gleich zu thun, aber —
ich brauche mich auch nicht zu schämen es einzugestehen, Kaudel, so geschickt wie
meine Mutter bin ich doch nicht.

Und was für kleine Leckereien könnte sie nur für Dich herrichten, denn dazu
lassen mir freilich die Kinder keine Zeit, Du weißt das ja auch; nicht wahr, lieber
Mann? Ich mache mir wohl oft selber darüber Vorwürfe, — kann's aber doch
einmal nicht ändern.

Nein, Kaudel, Du darfst mir noch nicht schlafen, nur noch fünf Minuten
nicht — Du mußt zuhören.

Ich habe mir das nun so überlegt, Kaudelchen — o der häßliche, böse
Husten — ich habe mir das nun so überlegt, lieber Balthasar, wie hübsch es
wäre wenn wir die gute Mutter dazu bringen könnten daß sie zu uns zöge. — Aber
Kaudel, Du kannst doch noch nicht schlafen, es ist ja rein unmöglich, Du hast ja
erst in diesem Augenblick noch gehustet — Ja — wenn wir sie nur dazu bringen
könnten daß sie zu uns zöge; wir würden einen wahren Schatz in ihr haben.
Siehst Du, Kaudel, dann würde sie Dir alle Abend etwas Warmes zurecht-
machen, daß Du Dich recht pflegen könntest. Du hast es auch wirklich nöthig.

Du hast es nicht nöthig? Ja gewiß, Balthasar, sieh, Du bist keiner
von den Stärksten. — Du weißt, Kaudel, daß Du keiner von den Stärksten bist.
Und wie viel Geld sie uns allein in der Wirthschaft ersparen würde. Nein, was
sie Dir für ein Auge in Fleischwaaren hat. — Der Metzger lebt nicht, der Mutter
anführen könnte. Und dann mit Geflügel — welche Finger sie für Hühner hat,

Kaubel, das glaubst Du gar nicht. Auf dem Markte hab' ich's ihr nie gleich thun können. Das ist ihr aber angeboren, es ist wirklich eine Gabe Gottes.

Kaubel — erinnerst Du Dich wohl noch an die Reispuddings die sie früher machte?

Nicht? o pfui, Kaubel — wie oft hast Du mir die Reispuddings vorgeworfen, und hast wissen wollen, warum ich sie nicht eben so gut machen könnte. Nach Mutter aber so etwas zuzubereiten, würde mir ordentlich wie Unverschämtheit vorkommen.

Sieh Kaubel, wenn sie nun bei uns wohnte, — o komm, Kaubel — Du schläfst doch nicht — ich weiß ja wohl — sieh Kaubelchen, wenn sie bei uns wohnte, dann könntest Du alle Tage Reispudding haben.

Aber Kaubel — wirf Dich doch nicht so im Bette herum und verwünsche die Reispuddinge — ich weiß doch, daß Du sie gern issest. — S'ist fast unglaublich, was sie für eine Geschicklichkeit im Kuchenbacken hat. — Mit manchen Leuten ist das aber so, es wird ihnen angeboren. Was sagst Du?

Warum es mir nicht angeboren ist? Oh Kaubel, das war grausam — das war eine herzlose Bemerkung, Balthasar — sieh, ich möchte Dir solchen Vorwurf nicht um alle Schätze der Welt gemacht haben. Kann man denn etwas dafür, wenn einem eine Sache nicht angeboren ist? — Wie oft hab' ich mir auch schon gewünscht zu Hause zu brauen, ich könnt' es aber nie ordentlich lernen, doch das Ale, das die gute Mutter macht — nein es ist 'was Herrliches, Kaubel.

Du hast es noch nie gekostet? Nein, ich weiß wohl, Kaubel, ich kann mich aber noch recht gut daran erinnern, wie delikat uns das als Kinder immer schmeckte. Als es Vater einmal versucht hatte, wollte er gar nichts Anderes mehr trinken. Der beste Rheinwein schmeckte ganz anders.

Das glaubst Du auch? ja, es ist wirklich wahr, und wenn die gute Mutter hier im Hause wohnte, könnten wir schon damit eine Menge Geld ersparen; das gar nicht gerechnet, daß Du auch immer ein gutes und kräftiges Glas Ale hättest, wenn Du Appetit bekämst. Das würde Dir sicher gut thun, Kaubel, denn Du bist wahrhaftig nicht so recht stark.

Und das Einmachen von Gurken und Früchten — nein wie sie das versteht, glaubst Du gar nicht. Oft genug hat es mir auch leid gethan, daß Du zu dem kalten Fleisch nicht immer hast Pudding haben können; wenn Mutter aber bei uns wäre, Du solltest, was Obstpuddinge anbetrifft, glauben, es wäre das ganze Jahr Sommer. Ich weiß nicht — ich konnte das Einmachen nie lernen. — — Und was für hübsche Apfelbrodchen sie für die Kinder backen könnte. —

Was an Apfelbrodchen ist? o die sind delikat, Kaubel, besonders wie sie Mutter macht. Die Kinder haben sie auch so gern, und wie könnte sie mir

mit ihnen an die Hand gehen. Das weiß ich, wenn Mutter bei uns wäre, dann
würde ich mir aus Masern und Friesel gar Nichts machen. Was Kinderpflegen
anbetrifft, ist sie ein wahrer Schatz.

Wie sie nur noch für eine Frau in ihrem Alter mit der Nadel umzugehen
weiß. Ueberhaupt wird jetzt das fortwährende Nähen und Flicken für die Kinder
fast mehr, als ich allein besorgen kann. Wenn Mutter bei uns wohnte, dann weiß
ich wohl, sollt' es an keinem Stich fehlen.

Und wie schön wäre das, wenn Du einmal so spät nach Hause kommst,
Kaudel, denn Du kannst doch nicht immer zu Hause bleiben; das weiß ich wohl;
Mutter bliebe dann auf und wartete auf Dich und wie gern thäte sie das — ein
ordentliches Vergnügen machte sie sich daraus. — Also Kaudelchen — lieber
Balthasar — nicht wahr? Mutter soll zu uns ziehen — wie, Kaudel? — O
nein, Kaudel, Du schläffst noch nicht — Schelm, Du willst mich nur zum Besten
haben. — Nicht wahr, Kaudel, Du willst sie auch gern zu uns haben?

Was? nein? aber lieber Kaudel!

Nein? Du willst sie unter keiner Bedingung im Hause
wissen? Oh Kaudel — Kau = del — Kau = del!

———

„Meine Frau brach hierbei in einen entsetzlichen Thränenstrom aus," schreibt
Kaudel in seinem Manuscript, „und ich benutzte natürlich die Zeit und schlief ein."

———•••———

Zwölfte Predigt.

Kaudel, der etwas spät nach Hause gekommen ist, erklärt, daß er von nun an „einen Hausschlüssel haben will".

Nun meiner Seel'! — ich sehe wirklich nicht ein, weshalb Du jetzt noch überhaupt zu Bett kommst; die Hähne werden den Augenblick wieder an zu krähen fangen. O ja — die Leute glauben, Du hättest Gefühl, Du hättest ein gutes Herz, das müßte denn aber nur für die da draußen und auf der Straße sein; hier im Hause zeigst Du das wahrhaftig nicht, denn es ist reine Tyrannei, Leute bis nach Mitternacht aufsitzen zu lassen.

Warum ich aufgeblieben bin? weil es mir Spaß macht — darum. — Das ist nun noch mein Dank. Nein, Kaudel — Dein Reden hilft Dir Nichts, das Mädchen soll nicht auf Dich warten und damit gut. Was sagst Du?

Warum sie dann doch mit mir aufbleiben muß? Du glaubst doch wohl nicht daß ich mich die ganze Nacht allein hierher setze? Was sagst Du?

Weßhalb wir alle Beide da säßen? das ist meine Sache. Nein, Kaudel, das ist nicht wahr, es ist nicht blos darum, weil ich das Vergnügen haben will, darüber reden zu können. Du zeigst ein ganz gefühlloses — undankbares Herz, daß Du mir so etwas sagen magst. Ich bleibe auf, weil ich aufbleiben will, und wenn Du die ganze Nacht nicht zu Hause kämst (und ich zweifle gar nicht daran, daß das bald geschehen wird), dann blieb' ich die ganze Nacht auf und sähe das Bett nicht an — also rede nur gar nicht darüber.

6

O ja, Euch Männern in Euren Bierhäusern vergeht die Zeit schnell genug — Ihr seht nicht nach den Stunden, Ihr könnt lachen und singen und Geschichten erzählen und denkt gar nicht daran, daß es ein Wesen auf der Welt giebt, das Eure eigene Frau ist und zu Hause sitzt und die Minuten zählt, allerhand schreckliche Dinge im Kaminfeuer sieht, und sich am Ende gar noch ängstigt was Euch vielleicht zugestoßen sein könnte. Freilich geschieht's den Närrinnen schon recht — weshalb kehren sie sich überhaupt an einen Mann, der sie so behandelt. Das ist aber Alles einerlei; wenn eine Frau erst einmal verheirathet ist, so mag sie sich nur als eine Leibeigene betrachten, und vielleicht als noch was Schlimmeres und muß Alles ertragen.

Ich möchte nur wissen, was Ihr Männer könnt halbe Nächte lang zu reden haben. Anstatt aber ordentlich zu Hause bei der Frau zu bleiben und zu christlich anständiger Stunde in's Bett zu gehen, lauft Ihr in Eure Wirthshäuser und Klubs, und unterhaltet Euch mit Leuten die sich nicht so viel aus Euch machen. Es ist entsetzlich. Was sagst Du?

Du gehst nur einmal die Woche? Das ist ganz einerlei, und hat hiermit gar nichts zu thun. Eben so gut könntest Du alle Abende gehen, und wirst es auch wohl bald. Wenn Du's aber thust, dann kannst Du auch sehen wie Du herein kannst — ich warte nicht auf Dich — darauf magst Du Dich verlassen. Meine Gesundheit wird auch durch die ewigen Nachtwachen — eine hinter der andern — total ruinirt. Oh so schweig doch nur mit Deinem „blos einmal die Woche!" das hat gar nichts hiermit zu thun, sag' ich Dir. Wenn Du nur Deine Augen gebrauchen wolltest, so müßtest Du selbst sehen wie schwach und elend ich bin, Du hast aber nur für fremde Leute Augen, für Deine Frau und Deine Kinder nicht. Das ist Recht — sage nur, ich quälte und ärgerte Dich; die Frau möcht' ich sehen, die so Nachts auf ihren Mann wartet wie ich es thue.

Du willst gar nicht, daß ich warte? das ist wohl noch mein Lohn, das ist Deine Dankbarkeit? Erst ruinir' ich mir meine Gesundheit, und dann werd' ich auch noch dafür beleidigt. Schöne Grundsätze lernst Du in Deinem Klub, Kaudel. Einen Trost hab' ich aber, einen großen Trost: es kann nicht lange mehr dauern; mein Leiden muß bald ein Ende nehmen, denn ich fühl' es; wenn ich auch nicht darüber rede, Kaudel, ich fühl' es doch — es kann nicht mehr lange dauern. — Dann möcht' ich aber wissen, was Deine zweite Frau — was sagst Du?

Du willst nie mit einer zweiten geplagt sein? geplagt? nun Gott sei Dank! Hab' ich Dich etwa geplagt, Kaudel? Nein wahrhaftig — wenn Jemand geplagt hat, so bist Du es gewesen, und das weißt Du auch, denn wie eine wahre Närrin habe ich Alles ertragen, und kein Wort gesagt. Es kann aber nicht lange mehr dauern, das ist ein Trost. — O wenn so ein unglückseliges Weib nur Alles das v o r der Hochzeit wüßte, was sie zu dulden hat —

Brumme nur nicht daß ich Dich soll schlafen lassen; wenn Du hättest schlafen wollen, so gehörte es sich daß Du auch zur rechten Zeit nach Hause kämest. Es ist bald wieder Zeit zum Aufstehen, und ich würde mich gar nicht wundern, wenn wir die Milch in fünf Minuten hörten. Da sind wahrhaftig die Sperlinge schon! Ja, ich sage die S p e r l i n g e, und Du solltest Dich schämen sie zu hören, K a u b e l.

Du h ö r s t sie n i c h t? sag' lieber: Du w i l l s t sie nicht hören, das ist es. Ich höre sie, K a u b e l, ich höre sie.

O nein — es ist n i c h t der Wind der durch das Schlüsselloch pfeift; so thöricht bin ich doch nicht als Du mich gerne machen möchtest; ich hoffe wenigstens Wind und Sperlinge von einander unterscheiden zu können.

Ach, wenn ich daran denke was Du für ein Mann warst, ehe wir uns ver= heiratheten. Jetzt bist Du eine ganz andere Person — reine ausgetauscht. So seid Ihr aber Alle, Einer wie der Andere, jede arme Frau hat ihr Kreuz — nur hoffentlich nicht Alle so arg wie ich. Nein in der That — so arg wohl nicht. — Halbe Nächte ausbleiben — wo die Frau draußen sitzen kann und — Was?

Einen H a u s s c h l ü s s e l? Nicht so lange ich lebe, K a u b e l — nicht so lange ich lebe! — Nein — und die T h ü r e b l e i b t auch n i c h t blos zu= g e k l i n g t — nicht für den besten Mann, der jemals Athem geholt hat.

Dann w i l l s t Du einen S c h l ü s s e l h a b e n? Gut! versuch' es! Das ist Alles, was ich sage, K a u b e l, versuch' es! Du sollst mich nicht ärgerlich machen, aber ich sage weiter Nichts als — versuch' es!

Das wäre was Schönes für einen verheiratheten Mann, einen Hausschlüssel mit in der Tasche herumzuschleppen — Das wäre so gut wie eine Lebensbeschrei= bung. Hübsch das — sehr hübsch, für einen Familienvater. Einen Schlüssel — So? damit Du also aus= und einkönntest wie Du wolltest; mitten in der Nacht wie ein Dieb in's Haus geschlichen kämest, anstatt an die Thüre zu klopfen, wie andere, anständige und ordentliche Leute?

O sage nur nicht, daß Du mir blos das Aufsitzen ersparen willst. Wenn ich aufsitzen w i l l, was geht das Dich an? Manche Frauen würden freilich Spektakel machen, wenn sie aufsitzen müßten, Du aber hast doch wohl hoffentlich keine Ursache Dich zu beklagen, der Himmel weiß es. — Es kommt aber immer besser; was werd' ich nun nächstens noch erleben sollen? Den Hausschlüssel in der Tasche mit= zutragen! Von alten, liederlichen Junggesellen läßt man sich das schon gefallen, bei denen macht sich Niemand etwas daraus was aus ihnen wird; ein verhei= ratheter Mann aber — schweig nur mit Deinen R ü c k s i c h t e n f ü r m i c h — schöne Rücksichten die Du für mich hast.

O ja, Du haſt gut reden — wollteſt den Schlüſſel nur der Ruhe und des Friedens wegen haben. Schweig nur mit Deinen Reden, Kaudel — es hilft Dir Alles Nichts. Das ſag' ich Dir aber, ſchickſt Du mir einen Schloſſer her, um einen Schlüſſel machen zu laſſen, ſo rufe ich die Polizei, ſo wahr ich Deine angetraute Frau bin, Kaudel, ich rufe die Polizei.

Nein — wenn ein Mann erſt einmal einen Hausſchlüſſel haben will, dann iſt es Zeit, daß er wieder Junggeſelle wird, und ich werde Dir dabei nicht im Wege ſein, Kaudel — ich wahrhaftig nicht. Du brauchſt mir gar nicht zu ſagen, daß ich den Mund halten ſoll, Kaudel, das iſt ganz unnöthig, denn ich — Was?

Ich machte Dir Kopfweh? ſo? Nein, Kaudel, ich nicht, Dein Klub macht die — der Tabaksqualm und — nein, es iſt wahrhaftig bald nicht mehr mit Dir auszuhalten. Du gehſt fort — lebſt wie ein Prinz, kommſt um Mitternacht oder Gott weiß wann, nach Hauſe und drohſt einen Schlüſſel machen zu laſſen und — und — und —

———————

„Ich ſchlief wirklich zuletzt ein,“ ſagt Kaudel, „und hörte nur noch ſo ein= zelne abgebrochene Phraſen wie: die Kinder aus dem Hauſe thun — Tremung — will keine Leibeigene mehr ſein“ 2c. 2c.

Dreizehnte Predigt.

*Madame Kaudel hat ihre „gute Mutter" besucht und Kaudel bei dieser
„freudigen Gelegenheit" eine Gesellschaft gegeben.*

Es ist wirklich schrecklich, Kaudel, wenn ich mir denke, daß ich nicht ein=
mal den Rücken wenden und ein oder zwei Tage von zu Hause fortbleiben kann,
ohne daß meine Wohnung in ein Wirthshaus, ein Wirthshaus? nein, eine
B i e r k n e i p e verwandelt werden muß. Es war mir doch gleich so, als ob Du mich
gerne los sein wolltest — Du hättest auch sonst gar nicht darauf bestanden, daß
ich bei der guten Mutter über Nacht bleiben sollte. Du warst bange daß ich mich
erkälten würde, wenn ich spät nach Hause käme, warst Du? o ja — Du kannst
sehr aufmerksam und besorgt sein, Kaudel, wenn es in Deinen eigenen Kram
paßt, und die Welt soll dann staunen was Du für ein guter Ehemann bist; wenn
Dich die Welt aber nur halb so gut kennte wie ich, weiter wünsch' ich Nichts.

Und der Tabacksgeruch — den krieg' ich in vier Wochen nicht wieder heraus
— Die Gardinen sind ordentlich schwarz und vergiftet davon.

D a n n s o l l i c h s i e h e r u n t e r n e h m e n ? Du hast gut reden von
h e r u n t e r n e h m e n ; vor einem Monate sind sie erst aufgesteckt. Doch das weiß
ich schon lange, Kaudel, eine haushälterische Frau ist an Dich weggeworfen;
Du solltest eine große Dame geheirathet haben, die Deine Wirthschaft in Grund
und Boden hinein ruinirt hätte, wie ich es in Zukunft thun will. Leute, die sich
nicht um ihre Familien bekümmern, werden höher geachtet als die, die sich abquälen

und martern; das habe ich lange eingesehen. — Und wie der Teppich aussieht!
Ein Drittel des Werthes haben sie wenigstens mit ihren schmutzigen Stiefeln und
Absätzen herausgetreten, und dort am Kamin auch noch ein Loch hineingebrannt.
In meinem ganzen Leben ist mir keine solche Wirthschaft vorgekommen. Wenn Du
ein paar Freunde einladen wolltest, warum konnte das dann nicht geschehen so lange
ich zu Hause war, wie es andere Männer thun, und nicht daß sie wie Räuber und
Spitzbuben angeschlichen kommen, sobald die Frau den Rücken wendet.

Schöne Herren müssen das sein, saubere Herren — elende Wichte die
kein Herz haben einer Frau in's Gesicht zu sehen. — Und Ihr nennt Euch die
Herren der Schöpfung? Ich möchte nur sehen was aus der Schöpfung würde, wenn
man Euch allein damit wirthschaften ließe. Der Schöpfung würd' es wohl werden, und in acht Tagen hättet Ihr sie verspielt und vertrunken — Was sagst Du?

Ihr habt Nichts getrunken? Nichts getrunken, so? Unten in
der Küche steht ein solches Regiment von Flaschen, daß ich noch gar nicht einmal
die Courage gehabt habe, sie zu zählen. — Und auch Punsch — konnten nicht
ohne Punsch auskommen, mußten auch Punsch machen. Ein ganzes Hundert halbe
Citronen liegt unten in der Küche.

Woher ich das weiß? Susanne, das brave Mädchen, hat sie aufgehoben
und mir gezeigt. Nein, Kaudel, Susanne soll nicht fort. Was sagst Du?
Sie hätte kein Recht zu klatschen und Du wolltest Herr in Deinem
eigenen Hause sein? Du willst? Nun, wenn Du Dich dann nicht bald
änderst, Kaudel, so wirst Du in sehr kurzer Zeit gar kein Haus mehr haben, um
Herr darüber zu sein.

Ein ganzer Hut Zucker stand noch unten im Schrank ehe ich fortging und
jetzt ist keine Tasse voll mehr da. Glaubst Du, ich soll Dir den Zucker halten, um
für funfzig Menschen Punsch zu machen? —

Es waren keine funfzig? Das ist einerlei. So viel mehr Schande
dann für Euch, denn ich weiß gewiß daß Ihr für funfzig getrunken habt. Glaubst
Du, ich kann mit meinem Bißchen Haushaltungsgelde Zucker für Punsch, für die
ganze Welt bestreiten!

Du wolltest das nicht? Oh Kaudel, spiele nicht auch noch den Hypo-
krit, denn wenn ich nur einmal einen Groschen extra haben will, so ist gleich das
Haus in Aufruhr; aber einen ganzen Hut Zucker kann der Herr an eine Bande —

Nein, ich will nicht still sein, und Du sollst auch nicht schlafen. Wärst Du
gestern Abend zu richtiger, gehöriger Zeit zu Bette gegangen, so würdest Du jetzt
nicht so schläfrig sein. Aber nein, aufbleiben kannst Du mit einem Haufen wüsten
Volkes, das sich nicht so viel aus Dir macht, und Deine arme Frau soll nicht einmal ein Wort dazu sagen. — Und dort steht die Porcellanfigur, die ich schon hatte

ehe ich verheirathet war. Kein Geld hätt' ich dafür genommen, das weißt Du recht gut, und wie find' ich sie wieder? Mit dem armen kleinen Kopf herunter= geschlagen. — Und was noch gemeiner — erbärmlicher ist, als alles Andere, daß er wieder aufgesetzt war, als ob gar Nichts vorgefallen wäre.

Du wußtest Nichts davon? Kaubel! Kaubel! wie kannst Du da so ruhig in Deinem christlichen Bette liegen und so etwas sagen? Du weißt recht gut, daß der Mensch — der Betsenberger, den Kopf mit der Feuerzange abgeschlagen hat — Du weißt das, und hattest nicht einmal so viel Gefühl für Deine Frau, ja — Gefühl, Kaubel, das zu beschützen, was ihr so am Herzen lag — O nein — ja wer es nur wüßte, wer Dir nur in's Herz sehen könnte, fände am Ende noch gar daß Du Dich darüber gefreut hättest.

Auf jede Art bin ich außerdem beleidigt und verspottet worden. Ich möchte nur wissen, wer das gewesen ist, der dem Bild meiner guten Tante einen Schnurr= bart gemalt hat.

Oh — Du lachst? so — das ist wohl sehr spaßig?

Du lachst nicht? Sage das nur nicht, Kaubel! wovon schüttelte denn das ganze Bett wenn Du nicht lachtest? Ja, einen Schnurrbart in ihr liebes, ehr= würdiges Gesicht hineingemalt! und sie war Dir stets zugethan, Kaubel, und Du besonders solltest Dich in Deine Seele hinein schämen sie so mißhandelt zu haben.

O Du magst lachen, lachen kann ein Jeder, ich wollte aber nur, Du hättest auch ein Herz für andere Leute und nicht nur für Dich allein. — Nachher die Tase, die ich schon hatte wie ich noch ein Mädchen, — wie ich noch glücklich war. Ich möchte wissen wer den Henkel von der Tase abgebrochen hat?

Nein, sie war nicht schon geborsten, Kaubel — das ist eine schändliche Verläumdung. Kein Sprung war drin, nicht der kleinste Riß, und jetzt — ich hätte weinen können wie ich sie zuerst sah —.

Sage nur nicht, sie wäre keine vier Groschen werth gewesen. Woher willst Du das wissen? Du kaufst keine Tasen. — So sind die Männer aber — Nichts im Hause, glauben sie, kostet etwas. Und vier Gläser sind noch zerbrochen, und neun gesprungen — so viel habe ich wenigstens bis jetzt gesehen, ich werde aber wahrscheinlich morgen früh ein Dutzend finden. — Und dann möcht' ich wissen wo der baumwollene Regenschirm hin ist? und wer die Klingelschnur abgerissen hat? und dann weißt Du auch wohl noch gar nicht, daß von dem einen Stuhle ein Bein ab ist, und daß —

„Hier," schreibt Kaubel, „kam mir Morpheus zu Hülfe und ich schlief — ja ich glaube sogar, ich schnarchte."

Vierzehnte Predigt.

Madame Kaudel ist der Meinung, daß es „hohe Zeit" sei für die Kinder Sommerkleider anzuschaffen.

Ja Kaudel, wenn ich irgend etwas auf der Welt hasse, so ist es Geld von Dir zu verlangen, und zehnmal lieber behülfe ich mich, so es nur für mich selber wäre — und thue es auch, deß ist Gott mein Zeuge — wenn Du das freilich auch nicht zugeben solltest — Siehst Du wohl — da geht's schon wieder los — gleich oben hinaus.

Was ich jetzt wieder will? Du solltest wahrhaftig selbst wissen was ich wollte, Kaudel, wenn Du wenigstens Augen für Deine eigenen Kinder hättest, oder nur ein kleines Bischen stolz auf sie wärest.

Was es wieder giebt, und worauf ich hin arbeite? Oh Unsinn, Kaudel, als ob Du das nicht eben so gut wüßtest! Wenn ich eigenes Geld hätte, Kaudel, so würd' ich Dich nicht darum bitten — es thut mir weh genug, aber — was sagst Du?

Wenn es mir weh thut, warum ich so oft komme? So — das nennst Du nun wohl auch noch gar einen Witz? einen von Deinen Klub-Witzen, nicht wahr? ich wollte aber, Du dächtest ein Bißchen mehr an anderer Leute Gefühle und weniger an Deine Witze. Ach — wenn ich nur eigenes Geld hätte! Existirte irgend etwas auf der Welt, was für eine arme Frau demüthigend ist, so wäre es das — jedes Pfennigs wegen bei ihrem Manne anfragen zu müssen.

Nein, Kaubel, wenn Du je Abends wach geblieben bist, so sollst Du's heute bleiben. Ja, Du mußt mich hören, denn der Himmel weiß es, es fällt selten genug vor, daß ich einmal ein Wort rede. Nachher kannst Du schlafen so viel wie Du willst. — Sage einmal, Kaubel — weißt Du welchen Monat im Jahre wir haben? und hast Du gesehen wie unsere Kinder heute in der Kirche neben den anderen aussahen?

Was ihnen gefehlt hat? O Kaubel, wie kannst Du nur so eine Frage thun — was ihnen gefehlt hat? Staken die armen Dinger denn nicht in ihren dicken Merinos und Biber-Hüten?

Und was da weiter wäre? — So — jetzt wirst Du auch wohl behaupten wollen, daß die Brüggemanns-Kinder nicht die Nasen über sie gerümpft haben und daß die Brauns erst die Schmidts und dann Deine Kinder ansahen, als ob sie hätten sagen wollen: „Arme Dinger, wie die noch im Monat Mai herumgehen müssen."

Du hast es nicht gesehen? Dann sollte schon das eine hinlängliche Ursache sein, Dich in Deine Seele hinein zu schämen — so wenig Gefühl für Dein eigen Fleisch und Blut zu haben. Aber das hast Du nicht, Kaubel, es schmerzt mich, daß ich es sagen muß, aber Du hast es nicht. — Ueber Brüggemanns-Kinder habe ich mich in der Kirche so geärgert, daß ich hätte aufstehen und sie an den Ohren zupfen können — Die stolzen, albernen Dinger. Was sollt' ich?

Ich sollte mich schämen so etwas zu sagen? Nein, Kaubel, wenn sich hier Jemand zu schämen hat, so bist Du es, daß Du nicht darauf hältst Deine Kinder anständig und wie anderer Leute Kinder in die Kirche zu schicken, damit sie an ihren Gott denken können, und sich nicht die ganze Zeit unbehaglich zu fühlen brauchen, die armen Würmer, besonders wenn sie auch noch überall sehen müssen wie Andere gekleidet und angeputzt sind.

Nein, Kaubel — wir wollen darüber kein Wort weiter verlieren, das sag' ich Dir aber, die Kinder kommen mir nächsten Sonntag nicht über die Schwelle, wenn sie bis dahin keine Sommerkleider haben. Denke b'ran, was ich Dir jetzt sage — keinen Schritt über die Schwelle und damit ist's gut. Sie sollen den Brauns und Brüggemanns nicht wieder zur Zielscheibe ihrer höhnischen Bemerkungen dienen und wenigstens wissen, daß sie eine Mutter haben die sich um sie bekümmert, wenn ihr Vater auch Nichts von ihnen wissen will.

Ich müsse große Andacht in der Kirche haben, wenn ich soviel an die Kleider dächte? Ich wollte nur, Kaubel, Du hättest solche Andacht, Du würdest ein besserer Mann sein als Du bist. Das hat aber gar nichts hiermit zu thun. Ich rede von anständigen Sommerkleidern für die Kinder, und Du

7

willst von Kirche und Andacht anfangen, um mich auf ein anderes Gespräch zu bringen — das sieht Dir ähnlich, Kaudel.

Ich wollte immer Geld für Kleider haben? Wie kannst Du da nur in Deinem Bett ruhig liegen und das sagen, Kaudel? Es giebt gar keine Kinder in der ganzen Welt, die ihrem Vater so wenig kosten als die unsrigen — das ist aber gerade die Ursache — je haushälterischer und sparsamer eine arme Frau ist, desto mehr drückt sie der Mann und desto knickeriger zeigt er sich. Die Weiber, die sich am wenigsten daraus machen wo das Geld herkommt, und wo es hingeht, auf die hält das Männervolk am meisten. — Wenn ich aber nur noch einmal von vorne anzufangen hätte, ob ich wohl wieder flicken und nähen und sparen und wirthschaften wollte? Profit — nicht so viel —

O ja, Du kannst da liegen und lachen — sehr bequem und großmächtig — Nichts ist leichter als zu lachen, Kaudel — sehr leicht, besonders für solche Leute, die nicht ein Fünkchen Gefühl haben.

Aber sieh nur, Kaudel, was Du für ein komischer Mann bist — ich weiß gewiß, Du giebst mir das Geld, denn — es mag sein wie es will — Du hast Deine Kinder doch lieb und magst es gern wenn sie ordentlich und sauber angezogen gehen. Das ist aber auch ganz natürlich für einen Vater. Nicht wahr, Kaudel — wie? Nein, Du darfst auf keinen Fall einschlafen, ehe Du mir geantwortet hast.

Wie viel Geld ich haben will? Warte einmal, laß mich einmal sehen, Kaudelchen — da ist Karoline und Hannchen und Susanne und Marianne und — was sagst Du, Kaudel?

Ich brauchte sie nicht zu zählen, Du wüßtest wie viel es wären? Nun seh' nur ein Mensch den Mann an — so macht er's immer. Also, wie viel Geld ich ungefähr brauche? Laß mich einmal sehen — Schlafe nicht ein, Kaudel, ich sage Dir's den Augenblick. Du hast's doch immer gern wenn die Kleinen blank und nett einhergehen, das weiß ich wohl, Kaudel. Sie machen Dir aber auch Ehre, Schatz, wenn ich, ihre Mutter, das auch selber sage, sie machen Dir Ehre, und kein Edelmann im ganzen Land brauchte sich ihrer zu schämen.

Aber pfui, Kaudel — liegt der Mann da und verwünscht alle Edelleute im ganzen Land und frägt mich was die mit unseren Kindern zu thun haben. Du weißt doch recht gut was ich meinte, Kaudel — Du bist aber so hitzig.

Wie viel? Sei nur in keiner so großen Eile. Nun sieh, ich denke, wenn ich es recht eintheile, um nur wenigstens das Nöthigste anzuschaffen, so glaube ich wohl daß ich mit hundert Thalern auskomme.

Was — hundert Narrenköpfe? Nicht die Hälfte? Sehr wohl, Kaudel — sehr schön — laß die Kinder nur meinetwegen in Lumpen einhergehen — und jeden Sonntag aus der Kirche bleiben, daß sie wie die Heiden und

Kannibalen aufwachsen, dann wirst Du Dein Geld sparen, und auch wohl zu=
frieden sein.

Du hättest mir erst vor fünf Monaten hundert Thaler ge=
geben? und was haben die fünf Monate mit jetzt zu thun? und kann ich über=
haupt den Kindern von dem was ich früher einmal gehabt habe, in diesem
Monat Kleider kaufen?

Funfzig Thaler wären genug? O ja — so macht Ihr Männer es
jedesmal; als ob die Sachen gar Nichts kosteten; was Ihr aber an Euch selbst
wendet, das kann nie zu gut und kostbar sein.

Sie brauchen blos Hüte und Röcke? Was weißt Du denn was sie
brauchen, wie kann ein Mann überhaupt so etwas wissen? Also Du willst nicht
mehr wie funfzig Thaler geben?

Nein? Gut — dann kannst Du Dein Geld nehmen und selber in den
Läden herumlaufen. Sieh nur zu wie weit Du damit kommst — mir bleib' aber
mit Deinen funfzig Thalern vom Leibe, das rathe ich Dir.

Nein, Kaubel — zu der Behauptung hast Du ebenfalls keinen Grund.
Ich will die Kinder nicht wie junge Grafen und Gräfinnen her=
ausputzen — Du hast mir das schon mehr wie tausendmal vorgeworfen, weißt
aber daß es nicht an dem ist — das ist schändlich, Kaubel. Ich will nur haben
daß unsere Kinder auch etwas auf sich halten sollen. Und was sollen sie denn von
sich selber denken, wenn sie die Brüggemanns und Schmidts und Brauns
so aufgeputzt sehen (und deren Väter verdienen lange nicht soviel Geld wie Du,
Kaubel) und sich daneben so ärmlich. Eine schlechte Idee müssen sie von sich be=
kommen, und von Dir dann auch, Kaubel. Auf solche Art wird kein Mann in
der Welt Geltung erlangen.

Wo ich das her habe? Wo soll ich es her haben? Glaube Du mir,
Kaubel, ich weiß mehr als Du denkst, wenn Du's mir auch nicht ansiehst — die
Männer halten aber selten viel von ihren Weibern, leider Gottes. Doch die hun=
dert Thaler muß ich haben — keinen Pfennig weniger.

Nein, Kaubel, das ist nicht wahr. Ich will die Kinder nicht wie
Pfauen und Papageien anziehen, nur ordentlich sollen sie gehen und —
was sagst Du?

Fünfundsiebenzig willst Du geben? Nein, Kaubel, ich kann keinen
Pfennig unter hundert gehen. Das sähe gerade so aus, als wenn ich Dein Geld
hätte verwüsten wollen. Ueberdies weiß ich kaum, ob ich mit hundert Thalern
auskommen werde. Wenn Du mir aber hundert giebst — Nein, das hilft Dir
Nichts, in einem fort von fünfundsiebenzig und „schlafen wollen" zu brummen, Du
thust kein Auge zu bis Du mir nicht die hundert versprochen hast. —

7 *

Komm, Kaubelchen, — sieh, lieber Balthasar, sage nur „hundert" und dann sollst Du so schön und sanft schlafen — Hundert — hundert — hundert —

———

„Ich bin heute noch der Meinung," schreibt Kaubel in seinen Notizen, „daß ich bei meinen fünfundsiebenzig stehen geblieben und darüber eingeschlafen bin; am nächsten Morgen versicherte mir aber meine Frau, als Frau von Ehre, daß sie mich kein Auge hätte schließen lassen, bis ich die hundert versprochen und — der Mann ist schwach, die Frau ist stark, sie ruhte wirklich nicht eher bis sie die hundert hatte."

Fünfzehnte Predigt.

Kandel ist wieder einmal spät nach Hause gekommen und Madame Kandel, zuerst darüber empört und unwillig — schmilzt endlich.

Sage mir nur in aller Welt, wie das noch einmal enden soll. Enden soll — ja da brauch' ich auch noch lange danach zu fragen, der Himmel weiß es, das Ende ist leider klar genug — Aus, aus, aus, jede Nacht — jede Nacht aus. Nein, es wird mir bald zu arg, Männer die nicht zu anständiger Stunde nach Hause kommen wollen, sollten gar keine Weiber haben. Sie brauchen nicht noch außer sich andere unschuldige Wesen unglücklich zu machen.

Ich hoffe nur zu Gott, daß keines von meinen Mädchen einmal heirathen und die Sclavin ihres Mannes wird, wie es ihre arme Mutter leider geworden ist. Mit meinem Willen, und wenn ich etwas dagegen thun kann, nehmen sie wenigstens keinen Mann.

Was sagst Du? — Nichts? Das glaub' ich, Kaudel; die Scham sollte Dir schon den Mund verschließen. Eins ist mir nur unerklärlich, daß Du noch den Muth hast, zu solcher Stunde an Deine eigene Thür zu klopfen. Wenn ich auch Deine Frau bin, so muß ich das doch gestehen, daß ich manchmal wirklich erstaunt über Deine Unverschämtheit bin.

Was sagst Du? Nichts? O Du könntest Einen zu Tode ärgern, Kaudel. Du hast eine Manier, die mich noch unter die Erde bringt. Liegst jetzt dort wie eine Mumie und bringst die Lippen nicht von einander; gerade als ob Deine Frau nicht eine Antwort werth wäre. Wenn Du aus bist, wirst Du schon anders sein, das ist sicher; Deine Frau behandelst Du aber immer, als ob sie gar nicht da wäre — o Du weißt daß ich Recht habe, Kaudel, Du weißt es. Aus — jede Nacht aus. — Was?

Das wäre in dieser Woche das erste Mal? Rede nur nicht; eben so gut könntest Du auch die ganze Woche ausbleiben — gerade so gut. Ich möchte überdies nur wissen was Du noch in solcher Nachtzeit draußen zu thun hättest. —

Geschäfte? o ja — natürlich, schöne Geschäfte das, für einen verheiratheten Mann und Familienvater, Nachts um ein Uhr. — Was?

Ich werde Dich noch toll machen? Nein, Kaudel, Dich nicht — Du hast nicht Gefühl genug, toll zu werden. Du wärst ein besserer Mann, wenn Du so viel Gefühl hättest.

Ob ich Dich anhören will? und wozu? Natürlich hast Du irgend eine Geschichte mit der Du mich abfertigen willst. — So machst Du's jedes Mal, und lachst nachher noch in's Fäustchen.

Nein, Kaudel, sage das nicht — ich suche nicht immer, wo ich was zu keifen und zanken finden kann, ich wahrhaftig nicht — Du bist das. Ich rede nie, wenn ich nicht vollkommene Ursachen dazu bekomme, und was ich schon in meiner Zeit ertragen habe, das weiß Niemand, kann Niemand besser wissen als ich selber.

Ob ich Deine Geschichte hören will? Meinetwegen — erzähle sie nur — ich habe Nichts dagegen. Das sage ich Dir aber gleich: ich glaube kein Wort davon. So eine Närrin wie andere Frauen sind, bin ich nicht. Fluche nur nicht gleich so entsetzlich. — Nun meinetwegen erzähle. — — — — — —

— —

Also das ist die Geschichte? so? das ist Deine Entschuldigung für Mitternachtpromenaden? für die Untergrabung meiner Gesundheit und die Zugrunderichtung Deiner Familie? Was glaubst Du denn, das Deine Kinder von Dir sagen werden, wenn sie einmal größer sind, und hören, Du hättest Dein Geld an Deine Saufkumpane — ja Kaudel, Saufkumpane, weggeworfen — an Deine Wirthshausgesellschaft, die —

Er ist nicht aus der Wirthshausgesellschaft? so? wer ist er denn? das möcht' ich wissen, und warum nennst Du mir denn seinen Namen nicht? — Aber ich brauche eigentlich gar nicht zu fragen — es ist der Betsenberger wieder — i natürlich — das habe ich mir doch gleich gedacht. Nun wird's mir aber wirklich fast zu bunt. Schon seit fünf Jahren habe ich mir eine silberne Theekanne gewünscht, und jetzt wirfst Du das Geld, was — was?

Es wäre nicht weggeworfen? So — nun dann heiß' ich nicht Marg a r e t h — so viel ist sicher. Ein Mann wird arretirt und weil sie ihn von seiner Familie wegholen, mußt Du hingehen und Deine Nase auch hineinstecken — Und giebst Dich dabei mit den unangenehmen Polizeidienern ab. Pfui — es wundert mich nur daß Du Dich nicht scheust noch in ein anständiges Haus hinein zu gehen. Und dabei auch noch von Advokat zu Advokat laufen um Bürgschaft zu bekommen und das Geschäft in Ordnung zu bringen, wie Du es nennst. Schöne Ordnung das — und außerdem noch selber Bürge zu werden! Nein, ein Mann der kein geborener Narr ist, sollte sich nie in solche Sachen für einen Andern einlassen. Glaubst Du daß irgend einer von Deinen Genossen je das für Dich thun würde?

Ja? Du sagst „ja?" nun ich wollte nur — blos um Dir zu beweisen, daß ich Recht habe — ich wollte nur daß Du einmal in den Fall kämest und sie versuchen müßtest — weiter wollt' ich Nichts — dann würdest Du es ausfinden, was Du an ihnen hast -- so viel weiß ich.

Was gehen Dich anderer Leute Verlegenheiten an? Wenn Du gefangen säßest, käme keine Seele zu Dir — nicht eine einzige; darauf kannst Du Dich verlassen. O ja — jetzt reden sie schon schön wenn keine Aussicht da ist, daß Du je in eine solche Lage kommen könntest — geschäh' es aber nur, nachher säßest Du da auf der wohlriechenden Haide und könntest Trübsal blasen; von d e n e n guckte sich keiner nach Dir um.

Du hast einen bessern Begriff von der Welt? Das wäre ganz gut, wenn Du's auch durchsetzen könntest. — Du hast's aber nicht danach, um bei Dir einen so vorzüglichen Begriff von der Welt zu rechtfertigen. Natürlich lachen Dich die Leute nachher nur aus — weiter Nichts, und sagen noch dazu: „K a u d e l ist ein rechter weichköpfiger Narr, und den kann ein Kind bringen zu was es will — nur seine Frau nicht — die ganze Welt, aber nur seine eigene, ihm angetraute Frau nicht. — Natürlich kommt jetzt Jeder, der eingesteckt wird, augenblicklich zu Dir und läßt sich Bürgschaft leisten — versteht sich; es gibt ja auch gar nichts Bequemeres auf der Welt — Du wirst alle Hände voll zu thun bekommen, K a u d e l, und in den Wachthäusern so bekannt werden wie ein Polizeidiener.

Dein Geschäft kann jetzt sehen, wie es allein fertig wird — denn Du wirst genug an anderer Leute Geschäft zu denken, und von Advokat zu Advokat zu laufen haben.

K a u d e l, nenne mich nur keine g u t e F r a u — Alles, nur nicht das — ich habe keine Ursache dazu. — Und ich will es auch nicht bis morgen sein lassen; ich rede selten genug, der Himmel weiß es, aber jetzt will ich reden.

Ich wollte, der B e t s e n b e r g e r säße auf dem Boden des Meeres, ehe er — was? —

Es ist nicht B e t s e n b e r g e r? K a u d e l, wenn Du mir das auch noch zehntausendmal versichertest, so glaub' ich's doch nicht. Der sieht akkurat aus wie ein Mann, der immer Schulden hat und aus den Arresten gar nicht mehr herauskommt. Man könnte auf ihn schwören und von dem ersten Augenblick an als Du ihn damals hierher brachtest, wußt' ich das — von dem nämlichen Abend an, wo er seine etlichen nassen und schmutzigen Stiefel auf mein blankes Stahlgitter am Kamin setzte. Jede ordentliche Frau konnte da gleich sehen, was an dem Menschen war. Betsenberger! ein gewaltiger Herr, um anderer Leute Familien unglücklich zu machen.

Rufe nur nicht den Himmel auf so gotteslächerliche Art an, und bitte mich ruhig zu sein. Es hilft Dir Nichts. Warum konntest Du ihn nicht eine Weile sitzen lassen? Er hat sich hineingebracht — er mochte sich auch wieder herausbringen. Aber nein — hier mußt Du mich wach halten, und meinen Schlaf stören, meine Gesundheit — und was Dir daran liegt, auch meinen Seelenfrieden untergraben.

Jeder — Du nur nicht — sieht, daß ich den fortwährenden Aufregungen unterliege; meine Nerven sind so schon so angegriffen. Aber nein, zu den Advokaten läufst Du und denkst nicht einmal an Deine Kinder — Du schämst Dich gar nicht — Kaubel. — Und nachher für diesen Menschen, für diesen Betsenberger sich verbindlich zu machen! Versteht sich, wird er in der nächsten Woche in Ostindien sein — natürlich und dann mußt Du seine Schulden bezahlen. Deine Kinder können in Lumpen herumgehen, wenn nur der Herr Betsenberger — Was sagst Du?

Es ist nicht Betsenberger? Das weiß ich besser. Gut denn — wenn es nicht Betsenberger sein soll, für den Du Dich Nachts in der Stadt herumgetrieben hast, wenn es nicht Betsenberger sein soll, für den Du so dumm warst Bürgschaft zu leisten, wer war es denn? ich frage Dich jetzt — wer war es?

Was? mein Bruder? Bruder Thomas? O Kaubel! — lieber Kaubel!

„Das hatte die arme Frau nicht erwartet," sagt Kaubel, „sie schluchzte als ob ihr das Herz brechen wollte und ich" — hier sind die Buchstaben im Manuscript ganz ausgelöscht, als ob sie Kaubel selbst beim Schreiben mit seinen Thränen verlöscht hätte. —

Sechszehnte Predigt.

Das „Jüngste" soll getauft werden und Madame Kaudel spricht über die Verdienste der möglich künftigen Pathen.

Nun sage einmal, lieber Kaudel, wie soll es denn mit des Kleinen Taufe werden? — Das liebe Dingelchen ist schon drei Monate alt und hat noch nicht die Probe von einem Namen.

Siehst Du — da fängst Du schon wieder an — Wir sollen morgen darüber sprechen? nein, Kaudel, wir wollen das heute Abend abmachen. Am Tag ist es nicht möglich ein vernünftiges Wort mit Dir zu reden, von hier kannst Du aber nicht fort. O Kaudel — sage nicht, Du wolltest Du könntest; das ist unfreundlich, und Deiner unwürdig eine Frau so zu behandeln — noch dazu so eine Frau, wie ich Dir immer gewesen bin. Das hab' ich nicht verdient.

Selten genug kömmt es vor, daß ich einmal spreche, ich glaube aber, es wäre Dir lieber, wenn Du meine Stimme gar nicht hörtest. Ich hätte eben so gut stumm geboren sein können.

Ich denke doch daß das Kind Pathen haben muß, Kaudel, wen sollen wir also nehmen? Wer glaubst Du wohl, daß ihm einmal am meisten nützen könnte?

Nein, Kaudel, ich bin keine eigennützige Frau, nicht im mindesten; ich hoffe aber mütterliche Gefühle für mein Kind zu haben, und was hilft einem Kind ein Pathe, wenn er ihm weiter Nichts als den Namen giebt? Da braucht es ja beinahe gar nicht getauft zu werden. Wen sollen wir also nehmen? Was sagst Du?

Irgend Jemanden? Schämst Du Dich denn gar nicht, Kaudel? Fürchtest Du Dich denn nicht, daß Dir irgend etwas geschehen wird, wenn Du so redest? Ich weiß wirklich nicht wo Du solche Ansichten gelernt hast. — Ich zerdenke mir den Kopf, wer wohl von unserer Bekanntschaft am meisten für das süße Engelchen thun könnte, und Du sagst Irgend Jemand. Kaudel, Du bist wirklich wie ein Heide.

Da ist Wagstaff; der heirathet sicher nicht wieder und hat Kinder ungemein gern. Dem fehlt's auch nicht an Geld, Kaudel, und ich glaube wir könnten ihn bekommen. Kinder, soviel weiß ich, sind seine schwache Seite. Wäre es nicht herrlich wenn unser liebes Engelchen einmal in seinem letzten Willen stünde? Warum sprichst Du denn gar nicht, Kaudel? Es ist wahrhaftig, als ob Du Dir aus Deinem eigenen Kinde nicht mehr machtest, als aus einem fremden. Leute, die Kinder nicht lieber haben als Du sie hast, sollten eigentlich niemals Vater werden.

Du magst Wagstaff nicht leiden? Nun, ich mache mir auch nicht besonders viel aus ihm, was hat das aber damit zu thun? Leute die für ihre Familien zu sorgen haben, können sich nicht immer nach ihren Gefühlen richten. Ich mag ihn auch nicht leiden, aber ich bin Mutter und liebe mein Kind.

Du willst Wagstaff nicht, ein für allemal? Ach Kaudel, Du bist ganz anders wie andere Leute; Du paßt gar nicht für diese Welt; nicht im mindesten. Was sagst Du dann zu Pugsby? ich kann seine Frau zwar nicht ausstehen, das geht aber diese Sache Nichts an; ich weiß was ich meinem Kinde schuldig bin, und wollte nur, andere Leute wüßten das auch. Was sagst Du?

Pugsby ist ein schlechter Geselle? Siehst Du, so bist Du nun; immer machst Du Deine Nebenmenschen schlecht und bringst sie in bösen Ruf. Wir müssen nicht Alles glauben was die Welt sagt, Kaudel, als Christen dürfen wir das schon nicht. Ich weiß nur daß er weder Kind noch Kegel hat und überdies soll er auch bedeutende Interessen in der — Aber Kaudel, so fluche und wüthe doch nicht so über den Mann; Du solltest Dich schämen, wirklich Du solltest Dich schämen. Von keinem Menschen kannst Du Gutes reden; wo glaubst Du nur daß Du einmal hinkommst, wenn Du stirbst. Wie gefällt Dir denn Sniggins? Nun wirf Dich nur nicht so im Bett herum und lasse die ganze kalte Luft herein. Was hast Du gegen Sniggins?

Du möchtest ihn nicht um Alles in der Welt um eine Gefälligkeit bitten? Schön! es ist wenigstens ein Glück daß das arme kleine unschuldige Würmchen Jemanden hat, der sich um es bekümmert — dann werde ich es thun — Was sagst Du?

Ich soll nicht? Nun das wollen wir doch einmal sehen. Sniggins fitzt im Trockenen und hat überdies noch an der Birmingham-Eisenbahn Actien und Jeder weiß was an denen verdient wird.

Es hilft Dir gar Nichts, so im Bett herumzufahren, Kaudel, — nicht das Mindeste. Ich will nicht daß auch dies arme Würmchen soll so hingeopfert werden, wie — ich kann wohl sagen, wie seine Schwestern und Brüder.

Was ich unter hinopfern verstehe? O Du weißt gut genug was ich darunter verstehe. Was haben sie von ihren Pathen anders noch bekommen als einen lumpigen Becher und ein Messer, eine Gabel und einen Löffel, heh? und vielleicht auch noch einmal einen abgetragenen Rock, der, wie ich sicher weiß, aus zweiter Hand gekauft wurde, ich hätte fast zum Platz schwören können. Denk nur an Deines sauberen Freundes Hartleys Frau. Was hat die an Carolinchen gegeben? eine erbärmliche, miserable Spitzenmütze — ich schäme mich, wenn ich sie nur ansehe. Was?

Sie that Alles was in ihren Kräften stand? Dann hat sie auch kein Recht Gevatter zu stehen. Leute die nicht mehr haben, sollten auch die Verantwortlichkeit von Pathen nicht übernehmen und besser wissen was sich für sie schickt.

Nun, Kaudel, gegen Goldmann wirst Du doch Nichts einzuwenden haben. Was? auch gegen den? Hat es schon jemals einen solchen Mann in der weiten Welt gegeben? Und weshalb?

Weil er ein Wucherer und Geizhals ist? Nein das weiß ich, Kaudel, Du paßt gar nicht mehr in diese Welt hinein. — Du hast solche merkwürdig hochfliegende Ideen. Ist der Mann nicht so reich wie die Bank? und daß er ein Wucherer ist, nun, gereicht das nicht etwa denen zum Vortheil, die nach ihm kommen? Es ist überdies ein Glück, daß es auch noch Leute auf der Welt giebt die Geld sparen, statt den überklugen Narren die es zum Fenster hinauswerfen. Du bist aber der sonderbarste Mann auf Erden; ich glaube wahrhaftig, Du hältst Geld für eine Sünde, anstatt für den größten Segen, denn ich darf keinen Menschen nennen der reich ist, so fährst Du auch schon über ihn her und hast was gegen ihn. Bettler — Lumpenpack ohne einen Groschen in der Tasche, die magst Du leiden, mit denen magst Du Umgang haben. Es ist wahr, Kaudel, wenn Du auch mein Mann bist, aber sagen muß ich's doch — Du hast niedrige — ganz niedrige Gesinnungen und ich hoffe nur zu Gott, daß keiner von den lieben Jungen nach seinem Vater artet.

Ich möchte jetzt überhaupt wissen, was Du gegen Goldmann hast. Das Einzige ist sein Name — es ist wahr, Lazarus mag ich auch nicht leiden — es klingt nicht vornehm genug — gar nicht ein Bischen nach was. Ist er aber einmal todt und hat für das Kind gethan was recht und billig ist, nun dann kann der Knabe den Namen ja auch leicht ein wenig umändern, Lorenz ist bald aus Lazarus gemacht und das soll überhaupt gar nicht so selten geschehen.

Nein, Kaudel — sage das nicht, ich bin keine eigennützige Frau — gerade

8*

das Gegentheil, ich habe aber die richtige Mutterliebe für meine Kinder und — und ich wünsche wirklich, andere Leute dächten eben so wie ich; es wäre sicherlich viel besser und ehrenvoller für andere Leute. Ich kann mir aber schon denken was Du am liebsten wolltest, und es sollte mich gar nicht wundern wenn Du Deinen Kneipkamerad, den Betsenberger gerne zum Pathen Deines Kindes hättest.

Dir wär's recht? Das dacht' ich mir. O ja, ich wußte wo das hinaus wollte. Der ist ein Bettler — weiter Nichts — ein Mensch der seine halben Nächte außer dem Hause zubringt — ja das thut er. Du brauchst es nicht mehr zu leugnen — ein Bettler und ein Trunkenbold, und einen solchen Mann möchtest Du zum Pathen Deines eigenen Fleisches und Blutes machen. Auf mein Wort, Kaudel, es wäre der Mühe werth, daß man aufstände und sich anzöge, nur um Dich reden zu hören. — Das sag' ich Dir übrigens, wenn Du nicht Wagstaff, oder Pugsby oder Sniggins oder Goldmann oder Jemand Anderen, der anständig und achtbar ist, wählen willst, so soll das Kind gar nicht getauft werden. Was Betsenberger und das übrige Pack betrifft, an die denke nur nicht. Uebrigens weiß ein Jeder, daß von manchen solchen armen Schluckern die Armuth ordentlich ansteckend ist, und Betsenberger ist Einer von denen. Nein, Kaudel, ich will keins meiner theuren Kinder durch irgend eine Deiner Wirthshaus-Bekanntschaften ruinirt haben, das kann ich Dir wenigstens sagen. — Wenn ich überhaupt hierbei nicht machen kann was ich will, dann soll das Kind gar nicht getauft werden. Was sagst Du?

Es muß doch einen Namen haben? Da ist gar kein muß dabei — nicht im mindesten. Nein, es soll gar keinen Namen haben, und dann wollen wir einmal sehen was die Welt sagen wird. Ich nenne es Nummer Sechs — ja wohl, das klingt eben so gut wie irgend etwas Anderes, wenn ich nämlich keinen Pathen bekommen soll wie ich ihn haben will. Nummer Sechs, Kaudel — hörst Du das? ich sollte doch denken, schon der Gedanke müßte Dich schamroth machen. Nummer Sechs — aber immer noch ein besserer Name, als ihn der Herr Betsenberger geben könnte — Ja — Nummer Sechs — Was sagst Du?

Alles — nur nicht Nummer Sieben? Aber Kaudel — hab' ich denn je im Leben —

———————

„In diesem Augenblicke," schreibt Kaudel, „fing das Kleine an zu schreien und diesen glücklichen Zufall benutzend, schlief ich ein."

——— · — ··· — ———

Siebenzehnte Predigt.

Kandel hat sich im Laufe des Tages die Bemerkung erlaubt, ob es nicht eben so vortheilhaft sei, außer dem Hause waschen zu lassen.

Gott sei bei uns — eine schöne Laune um damit zu Bett zu kommen, Kaudel. Leugne es nur nicht, so viel kann ich doch sehen und dafür, sollt' ich denken, kennte ich Dich lange genug. So geht's aber jedes Mal, ich brauche nur die Seife in die Hand zu nehmen, so ist der Spektakel reif. — Niemand in der weiten Welt schreit mehr nach weißer Wäsche als Du thust, und Niemand ärgert und quält nachher seine arme Frau mehr und unverantwortlicher als eben wieder Du, wenn sie doch nur Alles was in ihren Kräften steht versucht, Dir Haus und Heimath behaglich zu machen.

Ja, Kaudel — behaglich, Du brauchst nicht da zu liegen und das Wort zehnmal im Munde herum zu drehen.

Ob es schon je eine solche Frau gegeben hat? Nein, Kaudel, das will ich nicht wünschen; ich hoffe zu Gott, daß keine andere arme Frau das noch zu erdulden hat, was ich aushalten muß. Kaum habe ich eine kleine Wäsche zu Hause angestellt, so gehst Du auch schon im Hause wie ein Wütherich herum, schluckst die bittersten Flüche in Dich hinein und wirfst Deiner Frau Blicke zu, als wenn sie Dein grimmigster Feind wäre. Du wolltest aber wahrscheinlich am liebsten daß wir gar nicht wüschen, o ja — da könntest Du glücklich leben — natürlich ganz glücklich, Du möchtest die Kinder wie die Kartoffeln in der Schmutz-

ſchale ſehen — ja wohl — Alles das, nur daß der große Herr nicht geſtört wird.
Ich wollte nur, Du hätteſt eine Frau bekommen die gar nicht wäſcht — die würde
Dir gefallen haben. — Ja wohl — ſo eine Dame die Deine Kinder hätte zum
Abſchaben herumlaufen laſſen. An der wäre Dir dann auch etwas gelegen geweſen; mehr wie an mir. Ich wollte nur, ich könnte Euch Alle ohne reines Leinen-
zeug gehen laſſen, ja, Alle miteinander; ich wollt' es wirklich, und wenn ich nicht
der bloße Sclave meiner Familie wäre, ſo thät ich's auch.

Nein, Kaubel, das Haus wird nicht in Waſſer herumgeknetet als ob es
Noahs Arche wäre, und Du ſollteſt Dich ſchämen auf ſo eine frivole Art von
Noahs Arche zu reden. Ich weiß wahrhaftig nicht womit ich verdient habe an
einen Mann von ſolch lockeren unchriſtlichen Grundſätzen verheirathet zu ſein.

Nein, und das ganze Haus ſchmeckt und riecht auch nicht nach Seife, das iſt
ebenfalls nicht wahr, und wenn es wirklich ſo wäre, ſo würde jeder andere Mann
an Deiner Stelle vernünftig genug ſein, es nicht einmal zu bemerken. Ich habe an
Waſchtagen eben ſo wenig Gefallen als Du — was ſagſt Du?

Ich hätte es doch? Nein, Kaubel, das iſt falſch — ich liebe ſie nicht
blos darum, weil ſie jeden anderen trockenen Menſchen elend machen. Nein und
ich hätte auch nicht ſollen als Seejungfer geboren ſein um nur immer im Waſſer
leben zu können. Eine Seejungfer — weiter fehlte gar Nichts; was für Namen
wirſt Du mir nun noch geben? kein anderer Mann behandelt ſeine Frau auf eine
ſolche Art wie Du es thuſt, Kaubel. Uebrigens — wie ich ſchon geſagt habe, es
kann wenigſtens nicht mehr lange dauern; das iſt ein Troſt. Was ſagſt Du?

Du dankſt Gott dafür? Du biſt ein gefühlloſer Menſch, Kaubel,
ein Barbar.

Nein — Du haſt nicht das Waſchen gemeint. Ich weiß was Du gemeint
haſt. Das iſt alſo mein Dank, daß ich Dir mein Lebelang eine ſolche Frau geweſen bin. Du wirſt es aber bereuen wenn es zu ſpät iſt; o Kaubel, ich möchte
dann, wenn ich einmal todt bin, nicht Deine Gewiſſensbiſſe haben — nein, nicht
um alles Gold der Welt. —

Noch dazu waſchen wir nur alle vierzehn Tage. Ich wollte nur, Du hätteſt
manche von den anderen Frauen, die jede Woche einmal waſchen. Ueberdies, wenn
Dir alle vierzehn Tage Wäſche zu oft iſt, warum giebſt Du mir denn da kein Geld,
daß ich genug Wäſche anſchaffen kann um einen Monat auszureichen? Iſt es
mein Fehler daß wir ſo wenig haben? Was ſagſt Du?

Mein „einmal in vierzehn Tagen" dauerte immer eine halbe
Woche? Nein, das iſt nicht wahr — niemals, oder doch wenigſtens ſehr ſelten,
und das iſt ganz daſſelbe. Iſt es überhaupt meine Schuld, wenn der Ruß auf
das Zeug fällt, daß es noch einmal durchgeſpült werden muß?

Nein, der Ruß macht mich nicht glücklich, Kaudel, und er ver=
längert auch mein Vergnügen nicht; was aber mehr ist — Du bist ein
gefühlloser Mann, daß Du mir so etwas sagen kannst. Du bist schlimm genug
daß sich eine Frau in ihr Grab wünschen möchte — es ist wahrhaftig wahr. Und
was Du dabei Deinen Söhnen für ein herrlich Beispiel giebst. Weil wir heute
ein Bischen waschen und gerade kein heißes Mittagsessen haben (denn wer giebt
den Wäscherinnen heißes Essen?) und weil Dir nicht Alles so ganz nach der ge=
wohnten Bequemlichkeit war, da mußt Du gleich wie besessen im Hause herum=
fahren und das kalte Hammelfleisch verfluchen. — Du weißt wohl gar nicht was
das Pfund Hammelfleisch jetzt kostet, oder Du würdest nicht die herrliche Gottes=
gabe verfluchen als ob Du ein Lord wärest. Was?

Du hättest nicht geflucht? Das kannst Du jetzt recht gut behaupten,
ich weiß aber wohl wann Du fluchst und manchmal thust Du es, ohne daß Du es
selber merkst. Aber nein, da muß der Herr fluchen, seinen Hut aufstülpen, wie
wahnsinnig aus dem Hause stürzen und in ein Wirthshaus rennen um da zu essen.
Einen schönen Begriff müssen die Leute von Deiner Frau bekommen, wenn sie sehen
daß Du außer dem Hause ißt — eine schöne Idee von unserer Wirthschaft. Was,
Kaudel?

Du willst das jedesmal thun, wenn ich wasche? Gut, Kaudel
— sehr gut. Wir wollen aber doch sehen, wer das zuerst müde werden wird, denn
das sag' ich Dir, eher wasche ich alle Tage und wenn's nur jedesmal ein Strumpf
wäre. Das sieht Dir aber ganz ähnlich — unter die Füße möchtest Du alle die
treten, die anderer Meinung sind als Du.

Höre, Kaudel, Du brauchst nicht zu schreien als ob das Haus brennte,
oder ich stehe auf. Es ist wahrhaftig schrecklich daß ich kein Wort sagen darf,
ohne daß Du einen solchen fürchterlichen Lärm machst.

Du hast nicht geschrieen? dann möcht' ich wissen was Du schreien
nennst; die Leute müssen Dich im Nachbarhause gehört haben. Nein, Kaudel,
das hilft Dir Nichts — gute Worte nützen Dir gar Nichts, ich bin nicht die Närr=
rin mehr, die ich in früheren Zeiten war; jetzt weiß ich's besser. Am Tag willst
Du mich auf jede abscheuliche Art behandeln, und Abends soll ich dann noch nicht
einmal ein einziges Wort reden dürfen, weil Du thust als ob Du müde wärest.
Schämst Du Dich nicht, Kaudel?

Warum ich nicht außer dem Hause waschen lasse? Das hast
Du mich jetzt schon wenigstens tausend Mal gefragt — aber es hilft Dir Nichts,
Kaudel, also gieb Dir keine Mühe weiter. Was sagst Du?

Madame Betsenberger hätte gesagt, es wäre ebenso bil=
lig? Bitte — was geht mich denn Madame Betsenberger an? ich denke

doch, Kaubel, daß ich auch ohne Madame Betsenbergers Rath für meine Familie sorgen kann. Madame Betsenberger — ja wohl — weiter gar Nichts. Ich wollte nur, sie besuchte mich einmal, daß ich ihr das so recht selbst sagen könnte, wie ich's für sie auf dem Herzen habe. Ja wohl, Madame Betsenberger. O ja wohl — sie muß das viel besser verstehen wie ich — o viel besser. —

Nein, Kaubel. Ich will aber nicht den Mund halten. Ich sollte wenigstens denken, daß ich Herrin meiner eigenen Wäsche sein könnte; und nachdem ich Dir so lange Jahre eine solche Frau gewesen bin, ist es mehr als grausam, ist es abscheulich von Dir daß Du mich auf eine solche Art behandelst. Außer dem Hause waschen — weiter fehlte mir Nichts, und ich sage Dir auch: es ist nicht so billig, ob Du's nun bei'm Dutzend oder einzelnen Stück waschen läßt. Ich habe'Alles versucht und berechnet, und ich spare jede Woche wenigstens zehn Silbergroschen. — Was sagst Du?

Lumpige zehn Groschen? O, Kaubel, ich hoffe zu Gott, daß Du nie Noth leiden solltest, da Du auf solche Art und Weise von Groschen sprichst.

Nun thue mir nur den Gefallen und rede mir nicht in einem fort von Deiner Bequemlichkeit und ärgere mich nicht noch mehr mit solchen Fragen, als ob Deine Zufriedenheit und Ruhe keine zehn Groschen werth wäre; das hat gar Nichts hiermit zu thun; so machst Du's aber immer; wenn ich von einer Sache rede, so fängst Du von einer anderen an — ihr Männer seid Euch alle gleich. Uebrigens bitte ich den gestrengen Herrn zu bedenken, daß zehn Groschen in der Woche im Jahr siebzehn Thaler und acht Groschen macht und nimm die Summe für — meinetwegen dreißig Jahr und —

Nun Du brauchst nicht zu stöhnen, Kaubel, ich glaube schwerlich daß es so lange dauern wird; o nein; lange vorher ehe die Zeit kommt, wirst Du wohl schon Jemanden anders haben, der für Dich wäscht. Wär's nicht der armen Kinder wegen, so sollt' es mir auch ganz einerlei sein, wie bald das geschähe. Du kennst mich aber, Kaubel, und so — für diesmal gute Nacht.

„Ihr im Stillen herzlich für ihr Schweigen bankend," sagt Kaubel, „wollte ich eben einschlafen, als sie mich noch einmal mit dem Ellbogen in die Seiten stieß und sagte: Das will ich Dir übrigens jetzt bemerkt haben, daß es morgen wieder dasselbe kalte Hammelfleisch giebt. Nicht eher etwas Warmes, bis das verzehrt ist. Und dann war dies auch nur ein kurzer Waschtag — am Mittwoch waschen wir wieder."

Achtzehnte Predigt.

Auf einem Spaziergang mit seiner Frau ist Kaudel von einem jungen und sogar hübschen Mädchen gegrüßt worden. Mad. Kaudel spricht sich darüber aus.

Wenn ich nicht mehr mit Dir vor die Thür treten kann ohne beleidigt zu werden, so bleibe ich lieber ganz zu Hause, Kaudel.

Was? rede mir nur Nichts davon, daß ich Dich soll eine Nacht schlafen lassen. Könnt' ich mich noch über irgend etwas auf der Welt verwundern, so wär' es über Deine Unverschämtheit. Nie kann ich mit Dir spazieren gehen (und Gott weiß es, es geschieht selten genug), ohne daß meine Gefühle von allen Arten von Leuten unter die Füße getreten werden. Eine Rotte kecker Dirnen —

Was ich wieder zu toben habe? O Du weißt es gut genug, Kaudel, vollkommen gut genug. Ein schönes Frauenzimmer muß das sein, das einem Manne zunickt, wenn er mit seiner eigenen Frau spazieren geht.

O sage mir nicht daß es bloß Fräulein Betsenberger war. Was kümmert mich Mamsell Betsenberger, und woher kennt sie Dich überhaupt?

Du hast sie ein= oder zweimal bei ihrem Bruder gesehen? O ja, davon bin ich überzeugt — ganz gewiß. Ich habe mir doch immer gedacht, daß es in dem Haus noch irgend etwas Verführerisches geben müsse, was Dich in einem fort dorthin lockte — jetzt ist's also heraus.

9

Nein, das hilft Dir gar nichts, Kaubel, das Lautreden und die Armeum-
herwerfen, als wenn Du so unschuldig wäreſt wie ein neugeborenes Kind. Durch
ſolche Kunſtgriffe laſſe ich mich nicht mehr hintergehen. Nein, es gab einmal eine
Zeit, wo ich eine ſolche Närrin war und Alles glaubte, aber, dem Himmel ſei Dank,
darüber bin ich hinaus. — Neckes Geſchöpf das — Du glaubſt wohl, ich hätte nicht
geſehen wie ſie auch noch lachte als ſie nach Dir hinübernickte, die Mamſell die.
Ja wohl — ich weiß recht gut für was ſie mich dabei hielt; für eine arme, elende
Kreatur; natürlich; das ſah ich deutlich.

Nein, Kaubel — ſage das nicht — ich ſehe keineswegs immer mehr als
andere Leute, aber ich bin nicht blind, und will auch nicht blind gemacht werden,
ſo angenehm Dir das auch ſein möchte. Nein, ich gedenke den Gebrauch meiner
Sinne zu behalten. Das weiß ich übrigens daß eine Frau, wenn ſie nur auf irgend
eine Art Aufmerkſamkeiten von einem Mann erwieſen haben will, alles Andere eher
ſein darf, als ſeine eigene Frau. Es iſt mir früher ſchon oft ſo vorgekommen, der
heutige Tag hat es aber bewieſen — klar und deutlich bewieſen.

Ein braves liebenswürdiges junges Mädchen? O ja wohl —
wahrſcheinlich, ſehr liebenswürdig. Ohne allen Zweifel hältſt Du ſie dafür. Du
glaubſt auch vielleicht, ich hätte nicht geſehen was ſie für einen Hut aufhatte? Ja
wohl — ein ſehr braves Mädchen. — Und die kleinen engliſchen Pfläſterchen im
Geſicht — die hab' ich wohl auch nicht bemerkt?

Du haſt ſie nicht geſehen? Das glaub' ich — aber ich deſto deutlicher.
Sehr liebenswürdig, natürlich! was ſagſt Du?

Sie wäre roth geworden über mein unhöfliches Benehmen?
Nun Gott ſei Dank, die hätte ich mögen roth werden ſehen. Sich durch alle die
Schminke glücklich durchzuarbeiten, wäre mehr als gewöhnliche Scham könnte.

Nein, Kaubel, ich hänge nicht jedem Menſchen etwas an; gerade das
Gegentheil, und Du magſt auch drohen aufzuſtehen, das iſt einerlei, ich will und
muß jetzt reden. Ich weiß wohl was Teint und was Schminke iſt — ich bin auch
nicht geſtern erſt auf die Welt gekommen, und weiß, das war Schminke — Früher
hatte ich ebenfalls einmal einen Teint, Kaubel, obgleich Du das jetzt natürlich
ſchon lange vergeſſen haſt. Früher hatte ich einen Teint, ehe ihn Dein Betragen
zerſtörte. Ehe ich Dich kannte, nannten mich die Leute gewöhnlich die Lilie und
Roſe, aber — nun was haſt Du zu lachen? Ich ſehe hier Nichts über das man
lachen könnte. Wie ich aber ſchon geſagt habe — jede Andere gilt mehr bei Dir,
als Deine eigene Frau. — Nicht vor die Thüre kann ich mit Dir gehen, ohne daß
Dich jedes Frauenzimmer, was uns begegnete, grüßt.

Es wäre nur Fräulein Betſenberger geweſen? Ich ſoll wohl
wiſſen, wer Dir alles zunickt, wenn ich nicht dabei bin? Jede — natürlich, und

wenn sie Dich nicht ansehen, nun so siehst Du sie an — versteht sich. Du thust es ja sogar wenn ich bei Dir bin, wie viel mehr wenn Du allein bist. Leugne es nur nicht, Kaubel — thu' mir nur den einzigen Gefallen und leugne es nicht. — Mamsell Betsenberger — ja wohl — weiter Nichts. Was sagst Du?

Du willst nicht ruhig zuhören, wenn ich das brave junge Mädchen heruntermache? O natürlich mußt Du ihre Partei nehmen — versteht sich. Uebrigens ist sie aber auch noch nicht einmal so sehr zu tadeln, denn woher soll sie eigentlich wissen, daß Du verheirathet bist. Dich hat noch Niemand mit Deiner Frau spazieren gehen gesehen. — Niemals.

Was wir heute draußen zusammen gemacht haben? Das hat hiermit gar Nichts zu thun, Kaubel, fange nur nicht immer gleich wieder von etwas anderem an — O nein — wohin Du gehst, gehst Du allein, und da müssen ja die Leute zuletzt wohl glauben, daß Du noch ein Junggeselle bist.

Du weißt wohl, daß Du's nicht bist? Die Welt sollte das aber auch erfahren, und was müssen nur die Leute denken, wenn man uns nie zusammen ausgehen sieht. Andere Frauen gehen stets mit ihren Männern spazieren, ich weiß aber recht gut, daß ich auch nicht wie andere Frauen behandelt werde. Nun, weshalb rümpfst Du da die Nase, Kaubel?

Woher ich weiß, daß Du die Nase gerümpft hast? Rede nur nicht — an Deinen ganzen Manieren sehe ich das, ich sollte doch denken ich kennte Dich wenigstens, wenn Dich auch die Welt nicht kennt. — Du forderst mich nie zum Spazierengehen auf —

Das wäre meine eigene Schuld? Kaubel, wie kannst Du nur da ruhig in Deinem christlichen Bett liegen und so etwas sagen. Lauter leere Entschuldigungen, die bringst Du immer vor.

Du wärst es müde mich zu fragen, weil ich immer einen anderen Einwand hätte? So? Natürlich kann ich nicht wie eine Vogelscheuche auf die Straße gehen; wenn Du mich aber einmal frägst, so weißt Du immer recht gut, daß mein Hut entweder nicht zurechtgemacht oder mein Rock nicht von der Näherin zurückgekommen ist, oder daß ich die Kinder nicht alleine lassen kann oder irgend andere Geschäfte habe; das weißt Du Alles recht gut, ehe Du mich frägst, und darum frägst Du mich auch nur. Gehe ich aber nachher wirklich einmal mit Dir aus, dann kann ich mich auch darauf verlassen, daß ich dafür büßen muß.

Ja wohl — büßen muß, Du brauchst die Worte nicht zu wiederholen — Du glaubst aber, ich hätte kein Gefühl — Gott bewahre, Niemand anders hat Gefühl als Du selber — Ach so — ich hätt' es ja beinahe vergessen — nein — Fräulein Betsenberger auch noch — ja wohl, die hat auch noch Gefühle — o natür-

lich hat fie. — — Andere Leute müffen eine herrliche Idee von mir bekommen; für
was fie mich wohl nur halten werden? aber das könnt' ich mir gleich denken, daß
Du nicht Abend für Abend, bis eilf Uhr in die Nacht hinein da drüben bei Betfen=
bergers fißen würdeft, wenn Du nicht einen befonderen Grund dafür gehabt
hätteft. Jetzt weiß ich es alfo.

Oh ich mache mir aus Deinem Fluchen Nichts, Kaubel, nicht fo viel.
Ich hätte aber Urfache dazu, ich bin's die fluchen follte, wenn ich nur keine Frau
wäre. Du bift aber gerade fo wie die anderen Männer — die „Herren der
Schöpfung" wie fie fich nennen. — Ja wohl Herren, denn ganz herrliche Sclaven macht
Ihr aus den armen Kreaturen, die einmal für ihr ganzes Leben lang in Euere
Hände gegeben werden. Ich will aber von Dir gefchieden fein, Kaubel, ich will
wahrhaftig gefchieden fein, und dann foll die Welt erfahren, wie Du mich behandelt
haft. Dann foll fie es erfahren, Kaubel, darauf kannft Du Dich verlaffen. Was
fagft Du?

Ich foll das Schlimmfte reden? — oh reize Du eine Frau dazu,
und fieh was daraus entfteht — verfuch' es nur einmal und laß das eine Frau
thun. Ich möchte nicht für alles Das ftehen, was ich fagte.

Fräulein Betfenberger — ja wohl — und — ah — jetzt geht mir ein
Licht auf — nun wird mir Alles klar. Jetzt weiß ich auch, weshalb ich fie mit
Herrn und Madame Betfenberger zum Thee einladen follte, und ich, wie eine
blinde Närrin, hätte es auch beinahe gethan. Aber jetzt feh' ich's — jetzt find mir
die Augen aufgegangen. Und Du hätteft Dich unterftanden, und fie unter mein
eigenes Dach gebracht — fo?

Nein, Kaubel, das Umherwälzen hilft Dir Nichts, — Du hätteft fie in
daffelbe Haus gebracht, wo —

———————

„Länger," fchreibt Kaubel, „konnte ich es nicht aushalten, fprang alfo aus
dem Bette und brachte mich noch bei den Kindern unter."

———— ◆ ————

Neunzehnte Predigt.

Madame Kaudel glaubt, „daß es sich wohl schicken würde ihren Hochzeitstag zu feiern".

Kaudel — lieber Kaudel — weißt Du wohl, was am nächsten Sonntag für ein Tag ist?

Nein? Du weißt es nicht? hat es denn je auf der Welt einen solchen wunderlichen Mann gegeben? Kannst Du's nicht errathen, Kaudelchen? — Am nächsten Sonntag, guter Balthasar? Was? denk' doch einmal einen Augenblick nach, lieber Mann — Nun? — Was?

Du weißt es noch immer nicht? Siehst Du nun? Was sollte wohl aus uns werden, wenn ich kein besseres Gedächtniß hätte als Du! Nun dann, mein Schatz, dann will ich Dir's sagen was es ist — Unser Hochzeitstag ist am nächsten Sonntag — Kaudelchen!

Nun? was stöhnst Du denn? da ist doch Nichts zu stöhnen. Höre, Kaudel, wenn hier Einer von uns zu stöhnen hätte, so weiß ich ganz gewiß, daß Du das nicht bist, das wäre auf jeden Fall ich.

Ja ja — das sind jetzt vierzehn Jahre her. Damals warst Du freilich ein ganz anderer Mann wie jetzt, Kaudel. Was sagst Du?

Und ich war eine andere Frau? Nein wahrhaftig nicht, Kaudel, nicht im mindesten; ganz dieselbe. O Du brauchst den Kopf nicht so entsetzlich auf dem Kissen herumzustoßen, ich weiß daß ich dieselbe bin. Und wenn ich mich wirk=

lich geändert hätte, wer wäre Schuld daran als Du? ich doch wahrhaftig nicht. Sage nur nicht, daß ich damals gar nicht hätte reden können, ich konnte so gut reden wie jetzt, hatte aber keine solche Ursache, und Du bist's gewesen, der mir die Zunge gelöst hat.

Das thut Dir sehr leid? — Kaubel, Du beleidigst mich wirklich, sobald Du den Mund aufthust.

Ja — vor vierzehn Jahren — da warst Du die gutmüthigste, liebenswürdigste Seele auf der Welt. Damals hätteft Du Alles für mich gethan; so geht es aber, wenn eine Frau das immer so haben wollte, so sollte sie nicht heirathen — der Zauber ist vorbei, sobald sie aus der Kirche kommt. Wir sind lauter Engel wenn Ihr uns noch den Hof macht, kaum heißt es aber Frau, so reißt Ihr uns selber die Flügel aus.

Nein, Kaubel, ich rede keinen Unsinn, wenn Du's aber wissen willst, so hörst Du keinen anderen Menschen gern reden, als nur immer Dich selbst.

Höre, Kaubel, das Umherwerfen und unruhige Hin- und Herfahren hilft Dir gar nichts. Was sagst Du?

Du willst aufstehen? Nein, Kaubel, das wirst Du sicher nicht. Einen solchen Streich spielst Du mir nicht zum zweiten Mal, denn ich habe die Thür verschlossen und den Schlüssel versteckt. — Am Tag kann man Deiner nie habhaft werden, hier aber sollst Du mir wenigstens nicht fort. Nun komm, Kaubelchen, laß uns ein recht vernünftig Wort mit einander reden. Sieh — wenn man's so recht bedenkt, so giebt es doch eigentlich auf der Welt eine ganze Menge Eheleute, die nicht halb so gut miteinander auskommen, wie wir —

Sie bauern Dich? Sieh, Kaubel, ich kann den Mund nicht aufthun, so versuchst Du mir die Rede abzuschneiden, — was sagt' ich doch gleich, ja, Kaubel, nicht wahr, wenn man's so recht genau nimmt, so führen wir eigentlich ein recht glückliches Leben mit einander — Was seufzest Du denn so erschrecklich?

Du hast nicht geseufzt? — Nun sieh, wir haben Beide unsere kleinen Fehler und Schwächen, und wenn Du auch manchmal eine Laune hast, die wirklich kaum zu ertragen ist — doch wir wollen jetzt davon schweigen, ich will heute nicht mit Dir zanken. Nein, Kaubelchen, wir wollen vom nächsten Sonntag reden, und — nicht wahr, lieber Balthasar — wir haben unseren Hochzeitstag noch nie gefeiert, das wäre also eine prächtige Gelegenheit, einmal ein paar Freunde zu uns zu bitten. Was sagst Du?

Sie werden uns für Heuchler halten? Nein, Kaubel, dabei ist keine Heuchelei; ich verfuche so viel in meinen Kräften steht, mich wohl und behaglich zu fühlen, und wenn je ein Mann Ursache hatte glücklich zu sein, so weiß ich gewiß, daß Du das bist Kaubel.

Nein, Kaudel, es ist kein Unsinn, Hochzeitstage zu feiern, auch keine Täuschung der Nachbarn, und wenn es wäre, thun es nicht fast alle andern Leute? Es ist nur eine Pflicht, die ein Mann seiner Frau schuldet. — Da sind die Winkels — geben sie nicht jedes Jahr ein Fest an dem Tag? Wenn sie dann auch in den dazwischen liegenden Monaten manchmal ein Bischen in Haber und Streit liegen, was hat das damit zu thun? Sie feiern ihren Hochzeitstag und das Uebrige geht die Welt nichts an.

Ja, Kaudel, eine solche Feier ist eine der Frau schuldige Höflichkeit. Es sagt den Leuten offen und frei in's Gesicht: „Seht — wenn ich noch einmal zu heirathen hätte, so ist meine liebe, gute Frau die einzige in der ganzen Welt, die ich nehmen würde". Nun, Kaudel, ich sehe hierbei gar Nichts zu stöhnen und ächzen; nein, auch Nichts zu seufzen, ich weiß aber, was Du damit meinst, Kaudel, o ich weiß es.

Und was wäre aus Dir geworden wenn Du nicht eine solche Heirath gethan hättest? Du wärst verloren gewesen, rein verloren, und — wenn es mir auch leid thut das zu sagen, so muß es doch heraus — und wenig mehr als ein richtiger Vagabond geworden. In schöne Verlegenheiten wärst Du gekommen, hätt' ich nicht über Dich gesorgt und gewacht. Der Herr allein kennt auch nur all' die Mühe und Noth, die ich mit Dir gehabt habe, und was ist jetzt mein Dank? Ich wünsche nur weiter Nichts, als daß Du manch eine von den anderen Frauen geheirathet hättest. — Wir wollen uns aber nicht zanken, Kaudelchen, nein, ich weiß wohl, Du meinst es nicht so schlimm, und — nicht wahr? wir halten das kleine Mittag-essen? wie? — Nur ein paar Freunde?

Nein, Kaudel, sage nicht, es wäre Dir einerlei; so muß man nicht mit einer Frau sprechen, und noch dazu mit einer solchen Frau wie ich Dir gewesen bin. Also Du bist mit dem Essen einverstanden? wie? O Kaudel, brumme mir nicht so, sag' es klar und deutlich heraus. Du willst also den Hochzeitstag feiern? Was?

Wenn ich Dich schlafen lasse? O das ist unmännlich, Kaudel — kannst Du nicht „ja" sagen, ohne noch andere Klauseln und Vorbehalte? wie, lieber Balthasar? hm?

Ja? Nun sieh, jetzt bist du ein braves Männchen, ich wußte es wohl, daß Du Dein Unrecht einsehen würdest. Aber nun, Kaudel, was sollen wir denn da kochen? — Nein, wir wollen das nicht bis morgen lassen, das muß jetzt abgemacht werden, damit es mir nicht die ganze Nacht im Kopf herum geht.

Sieh, Kaudel, ich möchte gern so etwas recht Besonderes haben; so etwas Außergewöhnliches, daß die Leute doch sähen, wir hielten etwas auf den Tag. Ich möchte gern — Du schläffst doch nicht, Kaudel?

Was ich will? Aber Du weißt doch, daß ich das mit dem Essen in Ordnung bringen wollte —

Ich soll kochen was ich will? Nein, Kaubel, da Du den Tag gerne feiern willst, so ist es auch nicht mehr wie recht und billig, daß ich Dir dabei zu Gefallen thue was in meinen Kräften steht. Sieh, Kaubel, das ist etwas, was wir noch nicht gehabt haben, wie würde Dir ein Rehrücken behagen?

Unsinn? Hammelbraten wäre gerade so gut? Das beweist, was Du auf Deine Frau hältst. Wenn es nur für einen von Deinen Klub-Freunden, für eine Deiner Wirthshausbekanntschaften sein sollte, so wäre Rehrücken sicherlich kaum gut genug.

Also Rehrücken denn? Gut — das wäre abgemacht — wie ist es nun mit dem Fisch — sage einmal, Kaubel, wie wär's, wenn wir trefflichen Aal —

Karpfen ist gut genug? nein, wenn ich nicht Aal haben kann, so will ich gar keinen Fisch. O du lieber Himmel, was Ihr Männer doch für eigennützige, knickerige Kreaturen seid! wenn mir —

Also Aal denn? gut, Kaubel. Aber nun die Suppe. O fluche nicht so entsetzlich auf die Suppe, Kaubel, es graust Einem ja ordentlich zuzuhören. Du weißt doch, wir müssen Suppe haben. Ja sieh, Kaubel, da es doch einmal was Gutes sein soll, und um unseren Freunden zu zeigen wie glücklich wir zusammengelebt haben, so wollen wir diesmal wirkliche Turtlesuppe essen —

Du willst nicht — nichts als Mock? Dann, Kaubel, kannst Du Dich alleine an den Tisch setzen. Mockturtle an einem Hochzeitstag; hat man schon je so etwas gehört? Das wäre eine Beleidigung, Kaubel, eine wirkliche Beleidigung. Was sagst Du?

Also Turtle=Suppe denn, dies eine Mal? Ja, Kaubel — wie ich schon gesagt habe; vor vierzehn Jahren warst Du ein ganz anderer Mann. Aber nicht wahr, Kaubel, Du besorgst den Rehrücken? wie? ich weiß einen Platz in der Stadt wo man Wildpret ganz ausgezeichnet bekommt — nicht wahr, Du besorgst das? Ja? nun das ist recht. Wen sollen wir also nun einladen?

Wen ich will? Sei doch nicht so sonderbar, Kaubel, Du weißt doch recht gut daß ich nur die will, die Dir recht sind. Herr Betsenberger wird da also wohl auch kommen sollen. Aber höre, Kaubel, die Mamsell Betsen=berger betritt mein Haus nicht — das sag' ich Dir vorher, ich will nicht meinen Seelenfrieden in meinen eigenen vier Wänden untergraben haben. Kommt sie, so erscheine ich nicht bei Tische.

Gut denn? Nun, das wäre also abgemacht. Aber, Kaubel, nicht wahr, Du vergißt den Rehrücken nicht — den Rücken, weißt Du, einen recht guten, fetten Rücken. Nicht wahr, Du vergißt das nicht?

„Dreimal schlief ich ein," sagt Kaubel, „und dreimal weckte mich meine Frau wieder mit ihrem Ellenbogen und sagte: „Nicht wahr, Du vergißt den Reh= rücken nicht, Kaubel?" Endlich fiel ich in einen tiefen Schlaf, und träumte, ich wäre ein Topf voll Eingemachtes."

———•••———

Zwanzigste Predigt.

Bruder Kandel ist bei einem Freimaurer- und wohlthätigen Zweck-Essen gewesen und Mad. Kandel hat des „Bruders" Brieftasche versteckt.

— Weiter sag' ich Nichts, als ich wollte nur, ich wäre ein Mann. —
Du wolltest es auch? Höre, Kandel, ich habe nicht im Sinne hier
ruhig in meinem Bette zu liegen und mich beleidigen zu lassen. Ja, Du hast mich
beleidigen wollen. Ich weiß wohl was Du meinst; Du meinst, wenn ich ein Mann
wäre, dann hättest Du mich nie zu heirathen gebraucht. Schöne Gefühle das, und
nachdem ich Dir eine solche Frau gewesen bin. — Jetzt wirst Du nun wahrscheinlich
alle Tage zu einem anderen öffentlichen Mittagsessen gehen. Sage mir nicht, daß
Du erst bei einem gewesen bist, das hat hiermit gar nichts zu thun — nicht das
Mindeste. Aber natürlich wirst Du jetzt jede Nacht draußen herumliegen. Ob ich
es denn auch nicht vorher gewußt habe, wie sie Dich nur damals zum Freimaurer
machten. Als Du ein „Bruder" wurdest, da wußte ich, wo der Gatte und Vater
hinkäme. Es schmerzt mich, daß ich es als Deine eigene Frau sagen muß, Kandel,
aber Du hast so wenig Gefühl, daß Du es wahrhaftig nicht auch noch an Leute
außer dem Hause zu verschwenden brauchtest. Das ist aber so mit allen Männern.

Nein, Kandel, ich bin keine selbstsüchtige Frau — gerade das Gegentheil.
Was aber würdest Du wohl sagen wenn ich jetzt hinginge und ließe mich zu einer
Schwester machen? Das Haus wäre nachher nicht mehr groß genug für Dich,
so viel weiß ich.

Wo Deine Uhr ist? Woher soll ich wissen wo Deine Uhr ist? Das ist Deine Sache; aber natürlich, Leute, die öffentliche Diners besuchen, wissen nie Etwas, wenn sie zu Hause kommen. Wahrscheinlich hast Du sie verloren und das geschähe Dir vollkommen recht. Wenn sie aber fort ist, soll es mich nur wundern ob Einer Deiner Brüder Dir eine andere giebt.

Du mußt Deine Uhr suchen? Unsinn, Kaudel, bleib nur liegen, Deine Uhr liegt auf dem Kaminsims. Ist es nicht gut, daß Du Jemanden hast der für Dich sorgt? Was sagst Du?

Ich wäre eine herzige Seele? Du hältst mich wohl für sehr herzig — das kann ich mir denken, heute Abend weißt Du aber gar nicht was Du redest, Kaudel, und ich bin eine Närrin, daß ich nur noch ein Wort an Dich ver= schwende.

Wo Deine Uhr ist? Hab' ich es Dir denn nicht gesagt? auf dem Kaminsims.

Sehr gut? ja — schön, sehr gut — prächtige Aufführung das für einen Ehemann! Sei nur ruhig und schlafe, das ist das Beste was Du heute Abend thun kannst. Morgen wirst Du hoffentlich wieder genug Verstand haben, ver= nünftige Vorstellungen anzuhören; jetzt wären sie doch an Dich weggeworfen.

Wo Deine Brieftasche ist? Sorge nicht um die, die ist gut auf= gehoben.

Was ich für ein Recht hatte sie Dir aus der Tasche zu nehmen? Jedes in der Welt vor Gott und den Menschen. Ich bin blos Deine Frau, ich kann es nicht hindern wenn Du zu solchen öffentlichen Mahlzeiten gehen willst, aber ich weiß was für Narren die Männer bei solchen Gelegenheiten sind, und erfahre ich es vorher, so sei versichert, daß Du Deine Brieftasche nie wieder mit bekommst, das ist sicher. Hab' ich es etwa nicht im vorigen Jahre mit meinen eigenen Augen sehen müssen, wie Dein Name mit funfzig Thalern unterschrieben stand? „Balthasar Kaudel — 50 Thlr. —" Natürlich machte sich das in den Zeitungen ganz vorzüglich, und Du hieltest Dich schon für Jemanden, ich wollte aber nur, ich wäre damals dort gewesen — ich wollte nur, ich hätte dabei sein können; und wenn ich nicht eine Kleinigkeit dagegen einzuwenden gehabt hätte, so will ich nicht Margareth heißen.

Funfzig Thaler — es ist himmelschreiend; und die Welt soll nachher Wunder was von Dir halten. Ich wollte nur, ich könnte die Welt hierher bringen und ihr zeigen, was zu Hause fehlt; ich glaube, die Welt würde nachher eine etwas andere Meinung von Dir bekommen. Wahrscheinlich. Was sagst Du?

Eine Frau hat kein Recht ihres Mannes Taschen zu visiti= ren? Ein schöner Mann bist Du, daß Du solche Reden führst. Du kannst aber wenigstens nicht darauf klagen, oder Du thätest es, das bin ich fest überzeugt. — Ja wohl — Männer giebt's auf der Welt, die zu Allem fähig sind. Was?

Du hast Kopfschmerzen? Das hoff' ich, und richtige Kopfschmerzen dazu; die gehören Dir. Du bist am rechten Orte gewesen, um sie verdient zu haben.

Nein! ich will nicht ruhig sein. Ihr könnt schon hingehen und essen und trinken und hurrahen und Gesundheiten ausbringen und sogar — es wundert mich daß Ihr Euch nicht in die Seele hinein schämt, — sogar unsere gesegnete Königin mit allen Ehrenbezeigungen leben lassen — schöne Ehrenbezeigungen die Ihr dem Geschlecht erweist. Ich sage: es wundert mich, daß Ihr Euch nicht schämt den Namen der hohen Frau in den Mund zu nehmen, wo Ihr nur daran zu denken habt, wie Ihr Euere eigenen Frauen zu Hause behandelt. Aber solche Heuchler wie die Männer sind — oh! —

Wo Deine Uhr ist? Hab' ich es Dir nicht schon gesagt, sie liegt unter Deinem Kopfkissen? Du brauchst nicht eine halbe Stunde danach herumzufühlen — ich sage Dir, sie liegt unter Deinem Kopfkissen.

Sehr gut? Ja — Du hast jetzt wohl einen besonders klaren Begriff von dem, was sehr gut ist.

Ich wäre ein liebes, herziges Weibchen? Höre, Kaudel, ich kann Dir sagen, daß mir Dein Betragen anfängt widerlich zu werden. Ich habe es satt und mache mir Nichts daraus wie bald es ein Ende nimmt.

Warum ich Dir Deine Brieftasche weggenommen habe? Um Dich vom Verderben zu retten, Kaudel — das hab' ich Dir schon einmal gesagt.

Du wärest nicht verdorben? Kaudel, ich weiß wie es bei so wohlthätigen Zweckessen hergeht. Wohlthätig — ja, schöne Wohlthätigkeit. Wohlthätigkeit ist zuerst im eigenen Hause. Ich weiß wie es hergeht, die ganze Geschichte ist blos ein Schattenspiel.

Nein, Kaudel, ich habe kein steinhartes Herz und Du solltest Dich schämen das Deiner Frau und der Mutter Deiner Kinder nachzusagen; Du wirst mich aber heute Abend doch nicht zum Weinen bringen, so viel kann ich Dich versichern. Aber was wollt' ich doch gleich sagen. Ach, Du ärgerst und quälst mich auf eine so entsetzliche Art, daß ich ganz vergessen habe, was ich sagen wollt'.

Gott sei Dank? wofür? Ich sehe hier Nichts wofür Du Gott zu danken hättest. Ach ja — ich wollte von dem Schattenspiele eines solchen wohlthätigen Essens reden, und wie pfiffig sie's dabei anfangen. Erst kriegen sie einen Lord oder gar einen Herzog, wenn sie ihn erwischen können, damit es nachher heißt, sie haben „mit Edelleuten gespeist", und davon muß einer von denen, vielleicht gar Einer mit einem Stern vorne am Rock, den Vorsitz halten und Präsidenten spielen.

Nachher schwatzt der allerlei süßen Unsinn über Wohlthätigkeit und Spenden an die Armen und dergleichen und macht die dummstolzen Männer, die um ihn herumsitzen und die Köpfe voll Wein haben, halb toll, bis sie endlich glauben, ihr Geld könne gar nicht mehr alle werden und nun die Augen zumachen und blindlings unvernünftig große Zahlen auf's Papier setzen. An ihre eigenen Frauen denken sie dabei nicht — nein, mit Köpfen so roth wie eben so viele Vollmonde sitzen sie da und glauben gar nicht, daß noch einmal der Tag kommen wird, wo sie selber Nichts haben und Noth leiden müssen. Nachher ziehen sie ihre Brieftaschen heraus — ich habe aber Deine Brieftasche, Kaubel, und ein zweites Mal sollst Du es mir nicht wieder so machen.

Was hast Du jetzt zu lachen? Nichts? schon gut; ich werde es schon morgen in der Zeitung lesen, denn hast Du wirklich etwas gezeichnet, so wärst Du der Letzte, der das heimlich thäte. Deine Wohlthätigkeit kenn' ich.

Wo Deine Uhr ist? Hab' ich es Dir denn nicht schon funfzig Mal gesagt wo sie ist? In dem Uhrhalter ist sie, über Deinem Kopfe — wo sie hingehört. — Kannst Du sie denn nicht ticken hören? Nein natürlich, heute Abend hörst Du gar nichts mehr. — Uebrigens, Kaubel, möcht' ich auch noch wissen, wessen Hut Du eigentlich nach Hause gebracht hast. Mit einem Biber der fünf Thaler gekostet, und den Du erst zum zweiten Male auf Deinem Kopfe trugst, gingst Du, und mit einem Deckel kamst Du zurück, für den kein vernünftiger Jude vier Groschen geben würde. Nicht einen Nelkentopf könnt' ich dafür bekommen und Du weißt, daß ich sonst immer Deine alten Hüte gegen Blumenstöcke umtausche. Es giebt aber Leute die blos darum außer dem Hause essen, um ihre Hüte umzutauschen.

Wo Deine Uhr ist? Kaubel, Du bringst mich noch in mein frühes Grab.

———————

Wir hoffen, daß Kaubel seine Aufführung bereute; ja diese Predigt liefert sogar den Beweis dazu, denn es ist die einzige, unter die er keine Bemerkung geschrieben. Sein Gewissen ließ es nicht zu.

———————

Einundzwanzigste Predigt.

Kaudel hat sich nicht wie ein Ehemann bei der Feier des Hochzeitsfestes betragen.

Es ist wahr, solche Wünsche helfen zu Nichts, aber ich wünsche doch, daß gestern vor vierzehn Jahren zurückkommen könnte. Damals, Kaudel, damals als Du mich als Dein Dir angetrautes Weib aus der Kirche führtest, damals hatte ich keine Ahnung daß ich mein Hochzeitsfeiermahl auf eine solche Art feiern würde, wie es heute geschehen ist. — Vor vierzehn Jahren — ich sehe Dich noch in dem blauen Frack mit den blanken Knöpfen, der weiß atlasnen Weste und mit einer Moosrose im Knopfloch, die, wie Du sagtest — mir ähnlich wäre. Was?

Du hast noch nie solchen Unsinn geredet? Sieh, Kaudel — Du weißt gar nicht mehr was Du Alles an dem Tag gesprochen hast, aber ich weiß es. Ja wohl weiß ich es. Und nachher saßest Du bei Tische als ob Dein ganzes Gesicht, man kann wohl sagen mit Glückseligkeit überzuckert gewesen wäre und — Was?

Nein, Kaudel, sage das nicht — ich habe den Zucker nicht abgeklopft — ich wahrhaftig nicht; wenn aber irgend ein Mann auf der Welt Ursache hat sich glücklich zu fühlen, so solltest Du der sein; der Himmel ist da mein Zeuge.

Ja, Kaudel — ich will von der Vergangenheit sprechen. Damals saßest Du neben mir und suchtest für mich die delikatesten Bissen heraus; Perlen und Diamanten würdest Du mir zu essen gegeben haben, wenn ich sie hätte verschlucken können. Ja damals saßest Du neben mir und — Von was redest Du jetzt?

Du hätteſt heute nicht neben mir ſitzen können? das hat hier=
mit gar Nichts zu thun, aber natürlich, Du machſt es ſo wie gewöhnlich; ich kann
von Nichts zu reden anfangen, ſo beginnſt Du an einem ganz anderen Ende. —
— Und wie die Geſundheit des jungen Paares getrunken wurde, was konnteſt
Du da für eine Rede halten — es war herrlich. Alles weinte und ſchluchzte,
als ob ihnen das Herz brechen wollte, und ich weiß es noch, als wenn es geſtern
geweſen wäre, wie dem guten Vater die Thränen an der Naſe herunterliefen und
die gute Mutter beinahe eine Ohnmacht bekommen hätte. Ach Du lieber Gott!
ſie ahneten ja nicht, wie Du mich noch trotz all den ſchönen Reden behandeln
würdeſt.

Wie Du mich behandelt haſt? Oh, Kaubel, wie kannſt Du nur
eine ſolche Frage thun! Es iſt ein Glück für Dich daß ich nicht ſehen kann, wie
Du ſelbſt darüber errötheſt. Wie Du mich behandelt haſt! Und daß ein und
dieſelbe Zunge damals eine ſolche Rede halten und heute ſo ſprechen konnte.

Wie Du geſprochen haſt? Schmachvoll — ſchändlich. Was haſt Du
von unſerer häuslichen Glückſeligkeit geſagt? Gar Nichts. Was über Deine Frau?
Schlimmer als gar Nichts; als ob ſie eine Waare wäre, deren Einkauf Dir leid
thäte, zu der Du aber doch jetzt das beſte Geſicht ſchneiden müßteſt. Was ſagſt Du?

Und das beſte wär' ſchlecht? Wenn Du das noch einmal ſagſt,
Kaubel, ſo ſteh' ich aus meinem Bett auf.

Du haſt es nicht geſagt? Was benn? es klang wenigſtens ganz eben
ſo. Ja, — eine koſtbare Dankſagungsrede für einen Ehemann war das. Man
ſah es Dir ordentlich an, wie Du Dir nicht einen Stecknadelkopf aus mir machteſt.
Darum haſt Du aber die Geſellſchaft nur eingeladen, Du wollteſt mich vor ihren
Augen herabſetzen — Was?

Ich ſei ſelbſt die Urſache daß ſie gekommen wäre? Oh Kau-
bel, wie Du es verſtehſt Einen zu ärgern. Als ob Du's ſtudirt hätteſt. Nächſtens
wirfſt Du nun wohl auch ſagen, ich hätte Dich gequält Mamſell Betſenberger
einzuladen — wie? benn daß ſie ihr Bruder ohne Dein Wiſſen mitgebracht hätte,
wirfſt Du mir doch nicht weiß machen wollen.

Ob ich es nicht gehört habe, wie er es ſagte? Gewiß hab'
ich es gehört, Du mußt mich aber für einen gewaltigen Narren halten, wenn Du
glaubſt, ich durchſchaute es nicht wie das ſchon Alles vorher unter Euch abgemacht
war. Das muß auch ein ſchönes Frauenzimmer ſein, das ſich in ein anderes Haus
uneingeladen eindrängt. Ich weiß aber ſchon weßhalb ſie kam — ſie wollte ſich
nur einmal umſehen.

Was ich damit meine? Nun ich ſollte denken, das läge doch klar genug
auf der Hand. Sie kam, um zu ſehen wie ihr die Zimmer gefielen und mein Sitz

am Kamine. Wie ihr — wenn das nicht genug ist das Herz einer Mutter zu brechen — wie ihr die theueren Kinder behagten und —

Kaubel, das Umherspringen hilft Dir gar Nichts; aber natürlich, ich darf Mamsell Betsenberger nicht mehr in den Mund nehmen, so fährst Du wie besessen im Bett herum. So ist es aber; wenn Du Dir Nichts aus ihr machtest, so würdest Du Dich nicht so anstellen; das kann ein Blinder sehen. Glaubst Du etwa, ich hätte es nicht bemerkt, wie sie die Buchstaben auf den Löffeln untersuchte, als ob sie schon in Gedanken ihre eigenen Namenszüge darauf sähe?

Nein, Kaubel, ich werde Dich nicht wahnsinnig machen, wirst Du's aber, so ist das Deine eigene Schuld. Kein braver Mann könnte das Weib seines Herzens so — was sagst Du?

Du hättest eben so gut einen Igel heirathen können? Nun Gott sei Dank — das ist ein herrlicher Name für eine Frau. Also dahin ist es gekommen? so war es aber bis jetzt jedes Mal — sobald Du die Mamsell Betsenberger gesehen hattest, dann konnte ich mich auch darauf verlassen, daß ich beleidigt und gekränkt wurde. Ein Igel — Gott steh mir bei — und glaubst Du, Kaubel, ich bleibe hier ruhig im Bette liegen und lasse mich einen Igel nennen?

Ich hoffe nur, daß es Mamsell Betsenberger geschmeckt hat — weiter Nichts. Mir war Alles wie Galle im Mund. Ich hatte auch nichts zu essen, denn das Einzige, was mir an einem Truthahn das Liebste ist, der Brustknochen, den bekam natürlich Mamsell Betsenberger. Oh, ich sah Dich lachen, wie Du ihn ihr auf den Teller legtest, und Du glaubst doch wohl nicht, daß ich nach einer solchen Beleidigung noch irgend etwas Anderes angerührt hätte? Nein, wahrhaftig — dazu hab' ich zuviel Ehrgefühl. — Und dann hast Du vier Mal mit ihr angestoßen.

Blos zweimal? Das weißt Du gar nicht mehr, Kaubel, Du warst ganz weg, ganz bezaubert. Ja, Kaubel, bezaubert, daß Du nicht einmal mehr wußtest, was Du thatest. Uebrigens sollt' ich doch denken, daß ich wenigstens, so lange ich noch am Leben wäre, an meinem eigenen Tische mit Achtung behandelt werden müßte. So lange ich noch am Leben bin, sage ich, denn das kann überhaupt nicht mehr lange dauern; nachher mag Mamsell Betsenberger hier einziehen und Alles nehmen.

Mit jedem Tage werde ich magerer; wenn ich aber auch Nichts darüber rede, die Wahrheit bleibt doch nicht verborgen. In jeder Woche muß ich meine Kleider einnähen. Nun den Hochzeitstag werde ich in meinem Leben nicht vergessen, und die Danksagungsrede, die Du hieltest. Nein, Kaubel, und wenn ich noch hundert Jahre lebte — Du brauchst nicht so zu stöhnen, als ob Du ersticken wolltest, ich werde Dir nicht mehr die Hälfte der Zeit im Wege sein — und wenn ich noch hundert Jahre lebte, die Rede vergäße ich nie — nie. Ja nicht einmal ein's von den Kindern haft Du mit darin erwähnt — nicht ein einziges, und was haben Dir die armen Würmchen gethan?

Nein, Kaubel, ich werde Dich nicht verrückt machen, aber Du wirst mich noch um den Verstand bringen. Jeder sagt das. Und Du glaubst wohl auch, ich hätte nicht gemerkt wie Ihr das anstelltet, daß diese Mamsell Betsenberger beim Whist immer Dein Aide wurde — was?

Wie es angestellt war? klar genug; natürlich mischtest Du die Karten und konntest abheben wie Du wolltest. Das hattet Ihr schon so untereinander ausgemacht. Und wenn sie einen Stich genommen und nun wieder ausspielte, anstatt dann einen Trumpf zu bringen — das wäre meine Whistspielerin — was sagtest Du da zu ihr, wie sie merkte, sie hätte einen Fehler gemacht? nun? Es wäre unmöglich daß ihr Herz fehlen könne. Und das, Kaubel, vor all den Menschen und mit Deiner eigenen Frau im Zimmer.

Und Mamsell Betsenberger — ich will aber den Mund nicht halten — ich will von ihr reden. Wer ist sie denn eigentlich, daß ich nicht einmal von ihr reden dürfte? — sie denkt wohl auch, daß sie singt? Was sagst Du?

Sie sänge wie eine Meerjungfer? Ja wohl, wie eine Meerjungfer, denn sie singt nie, ohne daß sie sich Blößen giebt. Und das Lied, was sie sang, „Ich liebe Jemand", als ob ich nicht wüßte, wer bei dem Jemand gemeint ist. Das ganze Zimmer wußt' es, darum war es aber auch nur geschehen. Natürlich — wegen weiter Nichts. — Uebrigens, Kaubel, da ich mich jetzt zu dem entschlossen habe, was ich zu thun für nöthig finde, so will ich heute Abend nichts weiter darüber sagen und versuchen einzuschlafen.

„Und zu meinem freudigen Erstaunen," schreibt Kaubel, „hielt sie wirklich Wort."

Zweiundzwanzigste Predigt.

~~~~~

Kaudel ist Abends nach Hause gekommen wie seine Frau gerade einen Augenblick fortgegangen war. Als sie um zehn Uhr wieder zurückkehrte, hatte er einige Worte darüber geäußert.

Du hättest Dir eine Sclavin kaufen und keine solche Frau heirathen sollen wie ich bin, Kaudel! Nein da möchte man doch gleich lieber zu einem Neger werden, oder wahrhaftig noch lieber —

Was wieder los ist? Jetzt höre Einer um Gotteswillen den Mann an, jetzt frägt er mich: „was wieder los ist?" Ich kann nicht aus dem Hause gehen um mir nur eine Elle Band zu kaufen und Du tobst gleich, als ob Du das Dach herunter haben wolltest.

Du hast nicht getobt, blos gesprochen? Sprechen, ja wohl, — das war ein schönes Sprechen.

Nein, Kaudel, ich habe nicht solche superfeine Nerven und ich schreie auch nicht eh' ich getroffen bin. Du hättest Dir aber eine steinerne Frau heirathen sollen, denn Du machst Dir aus Niemanden was; heißt das, aus Niemanden in Deinem eigenen Haus. Ich wollte nur, Du könntest von Deinen gepriesenen Gefühlen einmal etwas bei den Deinigen sehen lassen, wenn es auch noch so wenig wäre. Was sagst Du?

Wo meine Gefühle waren, wenn ich so spät Abends ein=
kaufen ginge? Und wann sollt' ich gehen — he? Etwa in der glühenden
Sonne, daß ich ein Gesicht kriegte wie ein Zigeuner.

Ich sehe hier gar Nichts zu lachen, Kaubel, nicht das Mindeste; Du hältst
aber von jedem andern Gesicht mehr als von dem Deiner Frau; das ist eine allbe=
kannte Sache, die ganze Welt weiß es. — Wenn es übrigens nur Mamsell
Betsenbergers Gesicht gewesen wäre, so — nu nu, Kaubel — was wirfst
Du Dich denn auf einmal so entsetzlich im Bett herum, ich denke doch, Mamsell
Betsenberger wäre keine so wundervolle Person, daß man nicht einmal ihren
Namen nennen dürfte. Sie wird wohl auch weiter Nichts an sich haben, als Fleisch
und Blut. Was?

Du weißt es nicht? Ja, das kannst Du jetzt wohl sagen. Wie,
Kaubel?

Was? Du willst in einem andern Zimmer schlafen? Du hast
es satt auf solche Art gequält zu werden? Nein, Kaubel, das thust
Du nicht, wenigstens nicht so lange ich lebe, darauf geb' ich Dir mein Wort. Ein
anderes Zimmer — und Du nennst Dich einen Christen. Ich möchte Dir rathen,
das Gebethuch einmal vorzunehmen, und das Kapitel von den „ehelichen Pflichten"
durchzulesen. — Ein anderes Zimmer — nun weiter fehlte gar Nichts. Kaubel,
Du wirst ja schlimmer wie ein Heide. Ein anderes Zimmer. Daß die Dienst=
boten die Köpfe zusammenstecken und darüber reden? Nein wahrhaftig nicht, —
kein Mann, nicht der beste, der da gelebt hat, sollte mich in meinen eigenen Augen
so verächtlich machen können.

Ich will aber nicht schlafen, und Du solltest mich überhaupt besser kennen
als daß Du glauben könntest, ich wäre ruhig, wenn Du sagst, ich solle den
Mund halten. Weil Du gerade nach Hause kommst wie ich eben einen Augen=
blick fortgegangen bin, glaubst Du, Du könntest wie eine Furie herumwüthen?
Ich möchte wissen, wie viele Stunden ich schon aufgesessen bin und auf Dich ge=
wartet habe.

Es hätte mich noch keiner darum gebeten? Da haben wir's —
das ist die Dankbarkeit der Männer, so sind sie alle, aber eine arme Frau darf das
Haus nicht verlassen ohne daß —

Warum ich nicht zu rechter Zeit gehe? Rechte Zeit? Was ist denn
acht Uhr Abends — eh? Ging ich um eilf oder zwölf Uhr aus, wenn Du manch=
mal nach Hause kommst, dann hättest Du vielleicht Ursache von rechter Zeit zu
reden, aber acht Uhr Abends — das ist die schönste Zeit vom ganzen Tag — kühl
und angenehm und wie dazu gemacht um ein paar Wege zu besorgen und Kleinig=
keiten einzukaufen.

11*

O ja, Kaudel, ich habe Mitleiden mit den Leuten die so spät in den Läden aufbleiben müssen — gerade so viel wie Du, das hat übrigens hiermit gar Nichts zu thun. Ich weiß aber was Du willst, Du möchtest gern, daß die jungen Leute alle mit einander noch bei früher Tageszeit frei würden — das möchtest Du. Um „ihren Geist zu bilden", „ihre electuellen Begriffe" — wie Du es nennst, glaub' ich. Schöne Ansichten bekommst Du in Deinen Klubs — herrliche Ansichten — Ansichten wie ein Freigeist und nicht wie ein Christ. Als ich noch ein Mädchen war, da sprach Niemand von solchem Unsinn. Das sind lauter neumodische Ideen, und je eher die wieder abgeschafft werden, desto besser.

Rede nur nicht — wozu sind Kaufläden da, wenn sie nicht früh und spät aufhaben sollen? Und wozu haben wir Kaufleute, wenn sie nicht auf ihre Kunden passen wollen? Wer was kaufen will, bezahlt auch dafür, und ich hoffe doch nicht daß ihnen die Kaufleute werden die Zeit anzugeben haben, in der sie ihr gutes Geld bringen sollen? Gott sei Dank, wenn ein Laden zu ist, so hält doch wenigstens noch ein anderer feil und ich halte es für eine schuldige Pflicht stets in den Laden zu gehen der am längsten Licht hat. Das ist die einzige Art wie man die faulen Kaufleute bestrafen kann, die sich noch ein Verdienst zu erwerben glauben, wenn sie ihre Bude früh zuschließen. Ueberdies giebt es Sachen, die ich am liebsten bei Licht kaufe.

Oh rede mir nur nicht von Menschlichkeit — Menschlichkeit — ja die wäre auch für eine solche Bande junger kräftiger Leute angewandt, von denen manche groß genug sind, daß man sie für Riesen auf der Messe zeigen könnte. Und was haben sie überhaupt zu thun? Nichts auf der Gotteswelt, als hinter dem Ladentisch zu stehn und schöne Reden zu halten. Ich kenne aber Deine Ansichten. Du glaubst, jeder Mensch arbeitet zu viel und Du hättest es gern wenn die ganze Welt den halben Tag weiter Nichts zu thun hätte, als die Daumen um einander zu drehen oder in den Gärten und Gemäldegallerieen, Museen und andern solchen unsinnigen Plätzen spazieren zu gehen. Sehr schön das, aber Gott sei Dank, so verderbt ist die Welt denn doch noch nicht.

Ich wäre eine Närrin und könnte nicht über meine eigene Nase hinaussehen? O ja, Kaudel, ich sehe eben so weit wie Du, und auch wohl noch ein Bischen weiter. Ich darf aber keinen Augenblick mit meiner guten Freundin, der Madame Wittels — nun, was hast Du wieder zu lachen? — Oh! wissen sie's nicht? wissen die Frauen nicht, was Freundschaft ist? Wahrhaftig, Kaudel, Du hast eine herrliche Meinung von uns; aber wir wissen es wohl — wir können auch über unsere eigene Nase hinaussehen, und wenn wir es nicht könnten, so wäre das so viel besser für unsere Kinder und Familien. Gut wär's wenn die Männer auch nicht weiter sehen könnten; ein Glück wär's. Manches geschähe nicht, was jetzt Unfrieden und Streit in die Wirthschaft bringt und manche Fünf = Thaler = Note hättest Du mehr in der Tasche, die Du jetzt — Du Herr der Schöpfung, wie Ihr Euch immer nennt —, zum Fenster herauswirfst. Hast Du überhaupt schon je gehört, daß eine Frau fünf Thaler verborgt hat? Schwerlich.

Nein, Kaudel, wir wollen die Sache nun einmal nicht bis morgen ruhen lassen, Du sollst mich nicht, wenn ich Abends nach Hause komme, auf jede Art kränken und beleidigen, und dann auch noch glauben können, ich würde kein Wort dazu sagen. Du hast mir vorgeworfen, ich besäße kein Gefühl für meine Mit= menschen — hast mich — ich weiß selbst nicht mehr was Du mich n i c h t genannt hast und das Alles blos darum, weil ich ein — Nein, Du sollst jetzt auch nicht einmal wissen w a s ich gekauft habe, den Gefallen will ich Dir wenigstens nicht thun, denn es ist unmenschlich, K a u d e l, seine Frau, die nur einmal ausgegangen ist, und um zehn Uhr wieder pünktlich nach Hause kommt, auf solche Art und Weise zu behandeln. Viel Mitgefühl hast Du — außerordentlich viel Mitgefühl, so viel weiß ich; der junge Mann, der mir heut Abend die Sachen verkaufte, war stark genug einen Ochsen nieder zu schlagen — ja — ein Haus umzuwerfen, aber nein, Du bedauerst ihn, Du hast Mitleiden mit ihm, Mitleiden mit der ganzen Welt, aber nur nicht mit Deiner eigenen Dir angetrauten Frau. O Kaudel, was Du für ein entsetzlicher Heuchler bist. Ich wollte nur, die Welt wüßte wie Du Deine arme Frau behandelst. Was sagst Du?

Ich soll Dich um aller Barmherzigkeit willen schlafen lassen? Barmherzigkeit? so? ich wollte nur, Du hättest auch ein Bischen mit anderen Leuten. O ja — ich weiß wohl was Barmherzigkeit ist, das hat aber Nichts damit zu thun, wann ich einkaufen gehe, und ich denke mich auch nicht im Mindesten daran zu kehren. Nein, Du hast mir das immer wieder und wieder vorgepredigt; hast nicht geruht bis ich sogar in Kirchen ging, um Alles das zu hören, darum aber sehe ich nicht ein, warum wir Frauen nicht so spät können einkaufen gehen wie wir wollen. Du sagst es ja selber, wir Frauen hätten es in unserer eigenen Gewalt, die Läden früher oder später schließen zu lassen, und das wollen wir auch behalten — ich wenigstens. Du wirst mich von jetzt an nie anders gehen sehen, als immer spät Abends und natürlich laufe ich dann nur in den Läden, die bis zu allerletzt aufhaben. Das ist den jungen Leuten ganz gesund auf ihr Geschäft Acht zu haben. — Ihren Geist ausbilden — ja, — ich möchte wissen wozu sie ihren Geist ausbilden sollten. Laß sie um sieben Uhr nach Hause gehen, und sie bilden Nichts aus als ihr Billardspiel.

Wollen sie sich aber wirklich bilden, wie Du's nennst, dann seh' ich nicht ein, warum sie bei diesem schönen Wetter nicht um drei Uhr Morgens aufstehen könnten. Wo einmal der Wille ist, da geht Alles, Kaudel.

———

„Ich glaubte jetzt," schreibt Kaudel, „sie schliefe, und fing in dieser angenehmen Hoffnung ebenfalls an einzunicken, als sie mich plötzlich wieder in die Seite stieß und noch einmal anfing: Höre, Kaudel — Du brauchst Nachtmützen — paß' aber einmal auf, ob ich die nicht nach neun Uhr Abends einkaufe."

Dreiundzwanzigste Predigt.

~~~~~~

Madame Kaudel wünscht blos zu wissen, ob sie in diesem Jahre noch einmal an die See kommen werden oder nicht.

Heiß? nun ich denke, es ist heiß; man könnte gerade so gut in einem Back=ofen stecken, als zu solcher Jahreszeit in der Stadt wohnen. Du hast wohl ganz vergessen, daß es Juli ist, Kaudel. Ruhig hab' ich gewartet, kein Wort hab' ich gesagt, aber auch nicht einmal erwähnt hast Du die Seeküste. — Nicht etwa als ob ich es meinethalben zur Sprache brächte, nein wahrhaftig nicht, meine Gesundheit kommt überdies nie in Betracht, und es wäre für mich überhaupt besser, diese Welt je eher desto lieber zu verlassen. —

O ja — das denkst Du auch — sicher bist Du derselben Meinung, Kaudel, sonst würdest Du nicht daliegen wie ein Stück Holz und kein Wort erwidern. Kaudel! Du könntest eine Heilige ärgern, aber nein; bei mir soll es Dir doch Nichts helfen, denn ich habe es mir einmal fest vorgenommen, ich will mir mein Leben nicht mehr verbittern lassen; ich sehe auch gar nicht ein weshalb. Uebrigens habe ich jetzt nur noch diese ganz einfache, simple Frage an Dich zu stellen: willst Du überhaupt dies Jahr an die Seeküste oder nicht?

Ja? Du willst nach **Gravesend?** Dann magst Du allein gehen, das weiß ich — Gravesend. — Du könntest eben so gut eine Schiffsladung Salz in die Themse werfen und das dann die Seeküste nennen.

Was? Es liegt bequem für Deine Geschäfte? Da haben wir's
wieder, ich kann den Mund nicht aufthun und nur an irgend ein kleines Ver=
gnügen denken, so hältst Du mir in einem fort Deine Geschäfte vor. So viel
weiß ich, Geschäfte hindern Dich nie an Deinen eigenen Vergnügungen, Kaudel
— nie im Leben, denn wenn das der Fall wäre, so käme es Deiner Familie
wenigstens etwas zu gut. — Du weißt, daß Mathilde Seebäder nehmen
muß — Du weißt es, oder solltest es wenigstens schon nach dem Aussehen des
Kindes wissen, aber nein, den ganzen Sommer hättest Du kein Wort davon er=
wähnt, das bin ich fest überzeugt, und die schöne Zeit ruhig und unbenutzt vorüber=
gehen lassen.

Margate ist so theuer? Keinesweges und so viel weiß ich, am Ende
und Alles gerechnet, kommt es doch noch billiger zu stehen; denn wenn wir gar
nicht gehen, so werden wir Alle krank — das ist gewiß — Alle mit einander, so=
bald der Winter kommt. Nicht etwa als ob Du auf meine Gesundheit dabei
irgend eine Rücksicht nehmen solltest — nein, darüber bin ich hinaus, das wäre
auch das erste Mal. Du weißt aber, daß Margate der einzige Platz ist wo ich
ein Beefsteak essen kann und doch redest Du in einem fort von Gravesend. Was
kümmert Dich aber mein Essen — Dir wäre es recht, wenn ich nie äße, Du achtest
auch nicht auf meinen Appetit wie es andere Ehemänner thun, sonst müßtest Du
schon lange gemerkt haben, daß er ganz verschwunden ist.

Wie viel es kosten wird? Da haben wir's — jetzt zeigst Du Dich
wieder in Deinem ganzen schmutzigen Geiz, Kaudel. — Wie viel es kosten wird?
Fragst Du Dich auch wie viel es kosten wird, wenn Du Dir selber ein Vergnügen
machst? Du wärest der letzte. — Für Dich selbst kannst Du, was Delikatessen an=
betrifft, das Geld thalerweis hinauswerfen, Deiner armen Familie mißgönnst Du
aber das Geringste. Was?

Du mißgönnst ihr Nichts? O ja, — da im Bette magst Du liegen
und das sagen, aber —

Was es kosten wird? Das ist jetzt einerlei, was es kosten wird — gar
Nichts wird es kosten, denn wir gehen gar nicht. Nein, — wir bleiben zu Hause.
Natürlich werden wir den Winter alle krank — Du ausgenommen, Du wirst nie
krank, aber wir Andern können nachher dafür büßen, und dann freu' ich mich nur
auf die Doktorrechnung — sie wird so lang sein wie eine Eisenbahn. Das schadet
aber Nichts — es ist viel besser das Geld für ekelhafte bittere Arzeneien hinzu=
geben, als für frische Luft und gesundes Salzwasser.

Nenne mich nicht „Frau“ und frage mich nicht in einem fort, „was es kosten
wird,“ ich sage Dir, ich gehe jetzt nicht und wenn Du mir hier das Geld vor mich hin

auf die Bettdecke legtest — unter keiner Bedingung. Nein, wir müssen erst Alle krank werden — das ist was Du willst. — — — — — — — — —

So ist es recht, Kaudel, schlafe ein; oh, das sieht Deiner gefühllosen Natur ganz ähnlich. Ich rede davon, daß wir Alle bettlägerig und krank werden und Du, wie ein Stein, drehst Dich um und fängst an zu schlafen. Das ist nun wohl wieder keine Beleidigung für eine Frau?

Wie Du schlafen kannst mit solch einem Splitter im Fleisch? Mit dem Splitter meinst Du mich also, und das noch, nachdem ich Dir eine solche Frau gewesen bin? aber nein, Kaudel, Du sollst Deinen Zweck nicht erreichen. Du sollst mich nicht zum Weinen bringen und wenn Du mich, Gott weiß was, nenntest. Nein, wahrhaftig — an einen solchen Menschen will ich meine Thränen nicht verschwenden. — Was?

Ich soll es auch nicht? Das ist also Deine Dankbarkeit. Ihr Männer verdient es gar nicht, daß Ihr von irgend einer Frau geliebt werdet — die armen Weiber sehen das aber leider nur stets zu spät ein.

Das ist schade, Kaudel? nein, schrecklich ist es und wenn Du nur so viel Gefühl hättest, so müßte es Dich in Deine Seele hinein jammern. Alle Welt geht nach der Seeküste, nur wir bleiben zu Hause. Oh, hätte ich nur Simmons geheirathet.

Warum ich es nicht gethan habe? Das ist also jetzt mein Dank.

Wer Simmons ist? Oh, Kaudel, Du weißt recht gut wer Simmons ist. Der würde mich übrigens etwas besser behandelt haben als Du, so viel weiß ich. Er war ein Gentleman im strengsten Sinne des Wortes.

Du weißt nichts davon? Vielleicht nicht, aber ich weiß desto mehr davon. Bei solchem Wetter wie das hier in London zu zerschmelzen; und wenn nun erst die Maler kommen.

Du willst die Maler jetzt nicht haben? So? da wollen wir doch sehen ob Du darum gefragt wirst. Nein, die kommen und das weiß ich, sind die erst einmal da, dann verläßt keiner von uns das Haus mehr. Im Juli malen lassen, und die Familie im Haus; natürlich müssen wir Alle vergiftet werden, was machst Du Dir aber daraus?

Warum ich nicht sagen kann was es kosten wird? Wie kann ich oder irgend eine andere Frau genau sagen, was eine solche Tour kosten wird? Natürlich sind Familien=Logis — und besonders in Margate, etwas theurer als wenn Du hier in Deinem eigenen Hause wohntest. —

Nun, und wenn Du das gewußt hast, Kaudel, so hoff' ich doch nicht, daß es ein Majestätsverbrechen ist, es nochmals erwähnt zu haben. Wenn Du aber

12

da draußen eine Wohnung auf zwei Monate miethest, so bekommst Du sie immer billiger als wenn Du sie nur auf einen nimmst.

Nein, Kaudel, ich werde es nicht schon in einem Monate satt haben — Und es ist auch nicht wahr, daß ich, wenn ich kaum draußen bin, immer gleich wieder nach Hause will. Natürlich langweilte ich mich vor drei Jahren in Margate, wie Du mich immer allein am Strande spazieren gehen ließest, um von allen Arten von Teleskopen angestarrt zu werden, aber das thust Du auch nicht wieder, Kaudel, darauf kannst Du Dich verlassen. Das geschieht mir nicht wieder.

Was ich in Margate thun will? Nun? kann man da nicht baden, und Muscheln suchen? und kommen die Dampfboote nicht in einem fort, und kann man da nicht die neuesten Novellen lesen; denn das ist der einzige Platz in der ganzen Welt, wo ich mit Genuß lesen kann. Nein, Kaudel, — nicht deßhalb weil ich Salz zum Lesen brauche. Das nennst Du wohl auch einen Witz? ich wollte aber, Du spartest Dir Deine Witze bis zur Tageszeit auf. Was wollte ich doch gleich sagen — keine drei Worte kann man hintereinander vorbringen, ohne daß Du dazwischen sprichst und Einen irre machst — ja — es kommt mir wenigstens immer so vor, als ob der Ocean auf eine — auf eine wunderbare Art fast, den Geist erwecke.

Ich sehe hier gar nichts zu lachen, Kaudel, Du lachst aber jedesmal wenn ich ein Wort sage. — Manchmal an der Seeküste, besonders zur Zeit der Ebbe, fühl' ich mich so wohl, so glücklich, daß ich ordentlich weinen könnte.

Wann ich die Sachen fertig haben kann? für nächsten Sonntag etwa, sollt' ich denken.

Was es kosten wird? Ach rede nur gar nicht. Nein, wir bleiben in der Stadt und morgen schicke ich nach den Malern. Was?

Ich soll mit den Kindern gehen und Du willst hier bleiben? Nein, Kaudel, daraus wird Nichts. — Du gehst mit uns, oder ich rühre mich nicht von der Stelle. Ich will nicht wie eine Henne mit ihren Küchelchen hinausgejagt werden in die Welt und keinen Menschen haben der uns beschütze. Also am Montag wollen wir gehen. Wie?

Was es kosten wird? Was Du nur für ein Mann bist, Kaudel — nun sieh — ich habe es mir Alles so nachgerechnet und wenn ich jedes bedenke, und die vielen kleinen Nebenausgaben nicht vergesse, so glaub' ich nicht, daß wir die ganze Sache unter — unter zweihundertfunfzig Thalern machen können.

Nein, Kaudel, ich kann die kleinen Nebenausgaben nicht weglassen und mit zweihundert Thalern zufrieden sein, zweihundertundfunfzig sind's und nicht weniger.

Natürlich ift alles das nachher, was wir davon n i ch t gebrauchen, reiner Verdienft. O K a u b e l, was Du für ein Mann bift. Nun, follen wir am Montag gehen? Was fagft Du?

Du w i l l ft f e h e n? Das ift recht, lieber K a u b e l — alfo am Montag.

————————

„Was thut man nicht des Friedens wegen," fchreibt Kaubel, „und ich gab meine Einwilligung zu der Reife, weil ich bei einer Bettveränderung beffer fchlafen zu können meinte."

Vierundzwanzigste Predigt.

~~~~~~~

Madame Kaudel spricht sich über Kaudels schändliche Vernachläßigung ihrer selbst, am Bord des „Red Rover" aus. Sie war so angegriffen von der Seefahrt, daß sie die Nacht im „Delphin" in Herne-Bay einkehren mußten.

Kaudel — haft Du unter das Bett gesehen?

Weshalb? Aber, Kaudel, um Gotteswillen, wegen Dieben — natürlich, wegen Dieben. Du glaubst doch nicht, daß ich in einem fremden Bette schlafen werde, ohne daß Du darunter siehst?

Nein, das ist kein Unsinn, Kaudel, denn ich könnte sonst kein Auge zuthun, die ganze Nacht. Das wäre Dir nun freilich wohl einerlei, daraus würdest Du Dir — pst — wahrhaftig — ich habe etwas gehört. Nein, Kaudel, es war keine Maus — nicht b'ran zu denken. Ja, das sieht Dir ähnlich — lachen; hier wäre Nichts zu lachen, wenn — Kaudel, um Gotteswillen, da ist wahrhaftig etwas — ich weiß es gewiß, ich habe es deutlich gehört — — —

Ja, Kaudel, nun bin ich zufrieden, jeder andere Mann wäre aber schon von selbst aufgestanden und hätte sich überzeugt, besonders nach dem, was ich auf dem entsetzlichen Schiff ausgestanden habe. Aber an Dir soll einmal Einer die Entdeckung machen, daß Du Dich eher bewegtest, ehe Du eine halbe Stunde lang dazu überredet wärest; o nein, Du ließest mich hier liegen, und berauben, und todtschlagen, ehe Du einen Finger rührtest. Was? Du willst doch nicht etwa schon schlafen.

Die fremde Luft? Du würdest in fremder Luft immer
schläfrig? Das zeigt deutlich, was Du Dir aus mir machst, nachdem ich das
Alles heut ertragen habe. Und ein solches Gähnen, auf so unanständige rohe
Manier. Kaudel, Du hast nicht mehr Herz in Deiner Brust, wie die große
hölzerne Figur in dem weißen Unterrocke, vorne am Schiff.

Nein — ich konnte meine Laune nicht zu Hause lassen. So?
also weil Du mich einmal — ja, Kaudel, einmal oder auch zwei=, vielleicht
gar dreimal, also weil Du mich einmal an die frische Luft nimmst, so soll ich gleich
zu einem Sclaven gemacht werden und kein Wort mehr sagen dürfen? Schönes
Vergnügen würde ich dabei haben, wenn ich den Mund in einem fort halten müßte;
das wäre meine Art, einer Frau ein Vergnügen zu bereiten.

O Herr Jemine! ob das Bett nicht mit mir in einem fort herum und herum
geht, so hab' ich das schändliche Schiff noch im Kopf. Nein, — ich werde mich
nicht wieder wohl am nächsten Morgen befinden; aber Niemand anders soll je
krank sein, wie Du, Kaudel. Du brauchst nicht so zu stöhnen, daß die Leute davon
im nächsten Zimmer aufwachen. Es ist überhaupt eine Gnade Gottes, daß ich noch
am Leben bin. Einmal hätt' ich wahrhaftig Alles in der Welt darum gegeben,
nur über Bord geworfen zu werden.

Nun, Kaudel, was schnalzest Du dazu mit der Zunge? ich weiß aber wohl,
was Du meinst. Du hättest sie nicht daran verhindert, das ist sicher — Du nicht.
Ueberhaupt mußtest Du das wissen, daß der Wind heute so heftig wehen würde,
deshalb bist Du aber gerade gegangen. — Was ich nur in aller Welt hätte an=
fangen sollen, wäre der brave, herrliche Kapitain Bartsch nicht gewesen. Sooviel
weiß ich, alle Frauen, die nach Margate gehen, sollten für ihn beten — so auf=
merksam bei der Seekrankheit, und ein solcher Gentleman. — Wie ich ohne ihn die
Treppe hinunter gekommen wäre, als es mir zuerst im Kopfe an zu drehen fing,
ist mir noch immer ein Räthsel.

Sage nur nicht, daß ich gegen Dich mit keiner Sylbe geklagt hätte, Du
mußtest sehen daß ich krank war, soviel ist gewiß. Und wie Jedermann an Bord
anfing matt und elend auszusehen, wer konnte da herumgehen und seine schlechten
Witze über die kleine Ankerboje machen, die in einem fort schaukelte und nie krank
würde, und noch mehr solchen anderen gefühllosen Unsinn? heh? — Ja, Kaudel,
wir sind jetzt manche lange Jahre mit einander verheirathet, wenn wir aber noch
tausend Jahre zusammen leben sollten — Weswegen schlägst Du die Hände zu=
sammen? tausend Jahre zusammen leben sollten, so werde ich Dein Betragen an
diesem Tage nie vergessen. Du konntest an's andere Ende des Schiffes gehen und
eine Cigarre rauchen, wo Du mußtest, daß ich unwohl werden mußte — ja, Du
mußtest es, denn ich werde immer unwohl.

Und die brutale Manier nachher, mit der Du den Brandy trankst. Du glaubst wohl, ich hätte Dich nicht gesehen? krank wie ich war und kaum im Stande den Kopf in die Höhe zu halten, ließ ich Dich doch keinen Augenblick außer Acht, Kaudel, nicht eine Secunde. Drei Gläser voll Brandy und Wasser, und die schlürftest Du hinunter und trankst die Gesundheit von anderen Menschen, an denen Dir nicht so viel liegen sollte, während Dich die Gesundheit Deines Dir angetrauten Weibes nicht einen Stecknadelkopf kümmerte. Drei Gläser Brandy, und ich stand indessen, ich kann wohl sagen, allein; aber Jeder rief auch „Pfui", Kaudel — ja — wenn Du es auch nicht gehört hast — ich habe es. Was sagst Du?

Ich wäre selbst Schuld daran? ich hätte zu viel zu Mittag gegessen? Und Du nennst Dich einen Mann? Wenn ich von der Gans — ein Ding kaum aus der Schale, mehr als die Brust und das Bein, mit einem klein wenig Gefüllten gegessen habe, so will ich eine schlechte Frau sein. Was sagst Du?

Hummersalat? Gott, wie kannst Du nur davon reden, ein monataltes Kind hätte mehr gegessen — das weiß ich.

Stachelbeerkuchen? Nun gut, wenn Du den rechnest, dann rechnest Du Alles. Zu viel gegessen — in der That; und Du glaubst wohl, ich will für mein Mittagessen bezahlen, und nachher Nichts essen. Nein, Kaudel, da ist es doch wenigstens ein Glück für Dich, daß ich den Werth des Geldes besser kenne. Aber natürlich, Du hattest angenehmere Sachen zu thun als Dich um mich zu bekümmern. Ein abgekarteter Plan das, natürlich. Du glaubst wohl, ich hätte nicht gesehen, wie Betsenberger in Gravesend an Bord kam und Dir den Brief in die Hand drückte? was?

Es wäre kein Brief gewesen? nur eine Zeitung? So? wirklich? — nein, so krank wie ich war, meine Augen hatt' ich doch, Gott sei Dank, offen. Das wäre die kleinste Zeitung gewesen, die ich in meinem Leben gesehen hätte; aber natürlich — ein Brief von Mamsell Betsenberger —

Höre, Kaudel, wenn Du so zu schreien anfängst, so steh' ich auf. Du denkst wohl, Du wärst in Deinem eigenen Haus, um einen solchen Spektakel zu machen. Jeden stören — der Wirth wird gleich kommen. O ja, Du konntest trinken und rauchen da vorne.

Du durftest nirgends anders rauchen? Das hat hiermit gar Nichts zu thun — vorne — o wie schade, daß Mamsell Betsenberger nicht mit da vorne sein konnte; ich bin doch überzeugt — Nein, ich will aber nicht ruhig sein und brauche mich auch nicht zu schämen.

Nun sehe nur Einer um Gotteswillen den Mann an; als ob es Hochverrath wäre von Mamsell Betsenberger zu sprechen. Nach alle dem was ich heute erdulbet habe, soll ich auch noch nicht einmal den Mund aufthun. Jetzt möcht' ich wissen, was nun noch folgen wird. Ein wahres Glück nur, daß keins der lieben Kinder in's Wasser fiel; nicht etwa als ob sich ihr Vater viel daraus gemacht hätte, nein, so lange der seine Cigarren und seinen Brandy haben konnte, war Alles gut. Peter wäre beinahe durch eins der Löcher —

Es ist nicht wahr? So? Du weißt wie wißbegierig das Kind ist und wie gerne es zwischen Dampfmaschinen umhergeht? Nein, Kaudel, Du darfst noch nicht schlafen. Was Du für ein Mann bist. Was?

Ich hätte das schon einmal gesagt? Und was thut das? wieder und wieder sag' ich's. — Schlafen — in der That — weiter Nichts, als ob man niemals im Leben ein vernünftiges Wort mit einander reden könnte.

Nein, Kaudel, ich werde das Margate-Boot morgen früh nicht ver= schlafen: ich kann zu jeder Stunde in der Nacht aufwachen, und das wenigstens solltest Du doch nun einmal wissen.

Für welch armes unglückliches Geschöpf sie mich nur in der Damenkajüte müssen gehalten haben, wie Niemand in der Welt herunter kam und sich nach mir erkundigte. Es war eine ordentliche Schande.

Mehr wie zehnmal wärst Du dagewesen? Nein, Kaudel — damit kommst Du nicht los. Das weiß ich besser. Nicht einmal hast Du nach mir ge= sehen; Gott bewahre. Cigarren und Brandy nahmen Deine Zeit viel zu sehr in Anspruch, als daß Du Dich um Deine Frau bekümmern können; wo ich noch dazu so krank war, daß ich gar nicht mehr wußte, was um mich her vorging.

Woher ich denn wüßte daß Du nicht unten gewesen? Kaudel, Du könntest einen Engel zur Verzweiflung bringen. Alle anderen Ehemänner kamen herunter und was waren meine Gefühle, als ich die und immer wieder die an die Thüre klopfen und leise fragen hörte, wie sich ihre „lieben Frauen" befänden, und ich da unten ganz mutterseelenallein und krank und elend lag.

———————————

„Sehr wahrscheinlich," schreibt Kaudel, „hat sie noch ein paar Stunden so fort gesprochen, glücklicher Weise aber fing der Wind an stark zu wehen, und die Wellen am Strand brausten so laut, daß ich durch das süße Geräusch (den Brandy des Delphin gar nicht zu erwähnen) endlich einschlief."

———————————

Fünfundzwanzigste Predigt.

~~~~~~~~

Madame Kaudel hat Margate wirklich satt bekommen und spricht den innigen Wunsch aus, Frankreich zu sehen.

Aber sage mir einmal, Kaudel, wirst Du es denn gar nicht müde hier? Nein? Hab' ich je in meinem Leben einen solchen Mann gesehen — Nichts ermüdet ihn. Das ist mit Dir aber auch eine ganz andere Sache — Du kannst Deine Zeitungen lesen — Was?

Das kann ich auch? und was würde nachher aus den Kindern werden, das möcht' ich nur wissen. Nein — es ist schlimm genug wenn ihr Vater seine schöne Zeit damit verliert über Politik und Bischöfe und Lords und einen Haufen Leute zu reden, die sich nicht so viel aus ihm machen, und wenn er kein Dach auf dem Hause hätte — vollkommen genug — aber die Mutter —

Nein, Kaudel, ich will Dich nicht quälen, Du brauchst keine Angst zu haben; ich habe Dich überhaupt noch nie gequält, und es ist nicht wahrscheinlich, daß ich jetzt anfangen würde. So machst Du's aber immer — immer und ewig. Wir könnten das glücklichste Pärchen auf Gottes weiter Welt sein, wenn Du nicht immer ganz allein das Wort führen wolltest. Doch jetzt sind wir auf einer Vergnügungsreise und da laß' uns nicht mit einander zanken. Uebrigens muß ich das noch sagen, Kaudel, daß Du eine gewisse Manier an Dir hast, die Einen zu Tode ärgern kann.

Was Du jetzt gethan hast? Nun sei nur ruhig, wir wollen nicht davon reden — Nein, laß uns lieber einschlafen, sonst möchten wir gar noch Streit zusammen bekommen, es geht manchmal so. Was Du gethan hast? ja — und das frägst Du auch noch. Nicht auf zwei Tage kann ich von zu Hause fortgehen, ohne auf das Bitterste gekränkt und beleidigt zu werden. Alle Menschen haben das heute auf dem Damm sehen können.

Was sie hätten sehen können? Wie kannst Du nur in Deinem Bett da so ruhig und unschuldig liegen und mich das fragen. Was sie hätten sehen können? in der That. Es war eine lang vorher abgekartete Sache, die ganze Geschichte, schon ehe Du die Stadt verließest. O ja. Deine Unschuld, die kauf' ich auch eben theuer.

Ich wüßte nicht was ich redete? leider weiß ich es. Schrecklich ist's, wenn es eine Frau von ihrem eigenen Mann sagen muß, aber leider Gottes wahr. — Kaubel, Du hast schlecht — ganz schlecht an mir gehandelt. O höre nur auf; all' Dein Umherwälzen und Aechzen macht das nicht wieder gut.

Nein, Kaubel, damit fängst Du mich nicht — „liebe Seele", ja wohl; das thut's noch lange nicht. Sehr lieb muß ich Dir in der That sein, wenn Du trotzdem Deine Mamsell Betsenberger mit hierher bringst.

Nun schreie nur um Gottes willen nicht so, als ob Du am Spieße stäkest. Du weißt doch daß Du nicht in Deinem eigenen Hause bist. Was sollen denn nur die Leute von uns denken?

Weshalb ich dann nicht auch ruhig bin? O ja — Alles soll Dir zur Entschuldigung dienen. Wenn Du nur etwas findest, womit Du mir den Mund verbieten kannst. Mamsell Betsenberger soll Dir bis hierher nachreisen, und ich kein Wort darüber sagen dürfen.

Ich weiß aber daß sie gefolgt ist, und wenn Du vor einen Richter gingst und dort einen körperlichen Eid ablegtest, ich glaubte Dir nicht das Gegentheil, Kaubel.

Dir auch recht? Nein, was Du für ein Herz haben mußt, wenn Du sagen kannst „mir auch recht" und noch dazu einer solchen Frau, wie ich Dir immer gewesen bin. Also aus meinem eigenen Hause werde ich bis an die Seeküste hergeschleppt, um mich nachher beleidigt und ausgelacht zu sehen. Rede nur nicht. Glaubst Du etwa, ich hätte es nicht bemerkt wie sie Dich ansah, wie sie ihre blauen dünnen Lippen zusammenzog, und — Was?

Warum ich ihr denn einen Kuß gegeben hätte? Was hat das damit zu thun? Der Schein ist eine Sache, Kaubel, und das Gefühl ist eine andere. Als ob sich Frauen nicht unter einander einen Kuß geben könnten, ohne etwas dabei zu meinen. Und Du — o ja, ich habe es wohl beobachtet — Du sahst so kalt und gleichgültig aus, als — nein, Kaubel, ich möchte nicht so ein Heuchler sein wie Du, nicht um die Welt.

Schon gut — schon gut — die Geschichte habe ich schon einmal gehört; o ja

13

wohl kam sie blos zu ihrem Bruder hierher, um den zu finden — Ha ha ha — wie sich das so glücklich treffen mußte — ha — ha — uhu! uhu! uhu! und den Husten den ich bekommen habe.

Oh Kaubel, Du hast ein Herz wie ein Kiesel; das ist recht — das ist so ganz wie Deine immer gepriesene und im Munde herumgedrehte Humanität; ich kann mich nicht ein einziges Mal erkälten, ohne daß es meine eigene Schuld sein soll. Meine dünnen Schuhe? Du hättest es wohl gern wenn ich in Schlamm-stiefeln ginge, nicht wahr? Dir wär' es auch einerlei was ich für einen Fuß darin bekäme. Ja, wenn es Mamsell Betsenbergers Fuß beträfe, dann hätte die Sache freilich eine andere Seite.

Ich habe es mir übrigens gleich gedacht, wie Du mich von zu Hause weg-treibst. Eine Vergnügungsreise sollte das werden, aber mir geht das immer so, mir wird mein Leben stets verbittert und vergällt und je eher ich aus dieser Welt fortkomme, desto besser. Was sagst Du?

Nichts? Ich weiß aber was Du meinst, ja Kaubel, ich weiß das eben so gut, als ob Du jetzt eine Stunde gesprochen hättest. Ich will nur hoffen, daß Du später einmal eine bessere Frau bekömmst.

Du wirst es nicht versuchen? Nicht? o Kaubel, ich kenne Dich besser. In sechs Monaten wäre mein Platz wieder ausgefüllt, und fürchterlich würden nachher die armen Kinder darunter zu leiden haben. Kaubel, wenn Du so schreist, so werden uns die Wirthsleute morgen aufkündigen.

Warum ich dann nicht ruhig sein kann? Sieh', Kaubel, das ist einer von Deinen Kunstgriffen; Alles versuchst Du, um mich nur zum Schweigen zu bringen. Wir wollen uns aber nicht streiten. Das weiß ich, wenn es blos auf mich ankäme, so könnten wir so glücklich wie Turteltauben mit einander leben. Das ist wahr, Kaubel, und Du brauchtest deßhalb nicht so zu ächzen; aber gute Nacht, Kaubel. Was sagst Du?

Gott segne mich? Sieh, Kaubel, Du bist wirklich eine gute Seele, und wenn diese Mamsell Betsenberger nicht wäre. — Nein, Kaubel, ich quäle Dich nicht, ich weiß recht gut was ich thue und ich wollte Dich nicht um alle Schätze und Reichthümer der Welt quälen, aber Du kennst die Gefühle einer Frau nicht, Kaubel, — Du kennst die Gefühle nicht.

Kaubel! — Kaubel! höre — nur noch ein Wort, lieber Kaubel. — Nun sieh nur wie Du gleich wieder auffährst:

Du willst schlafen? ich auch, Kaubel; deßhalb brauchst Du mich aber doch nicht so anzufahren. Du weißt wohl noch, lieber Balthasar, wie Du mir schon früher versprochen hast, mich einmal mit nach Frankreich zu nehmen.

Du erinnerst Dich nicht daran? Ja, so machst Du's immer, die

Sachen, die Du mir einmal versprochen hast, die vergißt Du gar so gern; aber ich nicht, Kaudel, ich nicht, ich habe ein besseres Gedächtniß dafür. Sieh, am Mittwoch geht ein Boot nach Boulogne und kommt am nächsten Tag wieder zurück.

Und was weiter? I nun, auf eine so kurze Zeit könnten wir die Kinder schon unter der Aufsicht der Mädchen zurücklassen und recht bequem reisen.

Unsinn? Natürlich, wenn ich etwas von Dir haben will, so ist es immer Unsinn. Andere Männer nehmen ihre Frauen mit durch die halbe Welt, Du aber hältst es für hinlänglich mich in dieses Loch von einem Platz herzuschleppen, wo ich jeden Kiesel am Strande wie meine eigenen Schuhe kenne, und wo man alle Tage weiter nichts Anderes wie dieselben Maschinen, dieselben Esel — denselben Damm und immer wieder dasselbe und nämliche sieht. Aber ja so, das hätt' ich fast vergessen, Margate hat einen Magnet hier, an den ich beinahe nicht gedacht hätte. Mamsell Betsenberger ist hier.

Nein, Kaudel, — ich bin nicht tadelsüchtig und hätte auch nicht an einem Engel etwas auszusetzen, wenn er auf die Erde käme, die Art aber, wie das junge Mädchen zu allen Tageszeiten am Strand spazieren — Nu nu — sei nur ruhig — ich will ja still sein, die Lippen darf ich aber nicht mit des Mädchens Namen von einander bringen, ohne daß Du an zu rasen fängst.

Du weißt daß ich schon so sehr lange einmal habe nach Frankreich gehen wollen, aber nein, hier an die See bringst Du mich her; gerade so weit daß ich die französischen Ufer sehen kann und dann nicht hinüber darf. Bloß um mich zu quälen hast Du das angestellt, wegen weiter gar Nichts. Wäre ich zu Hause geblieben und hätt' ich meinen Willen gehabt, so läge ich jetzt nicht hier im Bette — dann würd' ich auch gar nicht an Frankreich gedacht haben, so aber, wo es Einem den ganzen lieben, langen Tag in die Augen sticht, und dann nicht gehen zu dürfen, das ist grausam, ja Kaudel, das ist mehr als grausam, das ist schändlich. Andere Leute können ihre Frauen mit bis Paris nehmen, Du hältst mich aber immer zu Hause versteckt — und weswegen? damit ich nur Nichts von dem lerne was in der Welt vorgeht; nur um mich herunter zu setzen, wegen weiter gar Nichts.

Der Himmel segne die Frau? Ja, Kaudel, wohl hättest Du Ursache das zu sagen, denn das ist sicher, daß sie durch Dich sehr wenig gesegnet ist. Wie eine Gefangene hast Du sie ihr ganzes Leben gehalten — nie hat sie irgendwo hin gekonnt. O ja, jetzt kommst Du wieder mit Deiner alten Entschuldigung — fängst von den Kindern an; aber ich möchte gern nach Frankreich gehen, und da wünschte ich zu wissen, was die Kinder dabei zu thun haben. Es sind doch keine Säuglinge mehr, wie? Du wirfst mir aber immer die Kinder vor, Kaudel. Wenn Mamsell Betsenberger — Jemine —

Siehst Du, was Du jetzt mit Deinem Schreien angestellt hast? die anderen

Miethsleute klopfen da oben schon; und wer wird wohl morgen den Muth haben denen in's Gesicht zu sehen? Ich wahrhaftig nicht; der Leute Nachtruhe auf solche Art zu stören.

Wahrhaftig, Kaubel, — ich glaube, der Tag bricht schon wieder an; nein, was Du für ein stöckischer Mann bist — nun sag' — sollen wir nach Frankreich gehen?

„Ich habe vergessen," schreibt Kaubel, „was ich gerade darauf antwortete, glaube aber, ihr eine sehr weite Erlaubniß gegeben zu haben zu Jemand Anderem zu gehen, worauf sie dann, heißt das nicht ohne bedeutendes Empörtsein wegen der Person, endlich einschlief."

Sechsundzwanzigste Predigt.

Madame Kaudels erste Nacht in Frankreich. Schändliche Gleichgültigkeit Kaudels auf der Boulogner Douane.

Du nennst Dich also auch noch einen Mann, Kaudel? So? das weiß ich aber, daß solche Männer nie Frauen haben sollten, sie wenigstens nicht verdienten. Wenn ich es für möglich gehalten hätte, daß Du Dich je so betragen könntest, wie Du Dich betragen hast — und ich hätte das wissen können, wäre ich nicht eine so gut= müthige Kreatur, da Du nie wie andere Leute gewesen bist; hätte ich das für möglich halten können, Du würdest mich nie hier in fremde Länder geschleppt haben. Nie.

Allerdings dachte ich bei mir: „nun, wenn er nach Frankreich geht, dann lernt er auch vielleicht ein Bißchen Artigkeit," aber nein, Du hast als Kaudel angefangen und wirst als Kaudel aufhören. Ich aber, ich werde mein ganzes Leben hindurch vernachlässigt und mißachtet. Ich habe mich auch schon in mein Elend ergeben.

Das freut Dich? Nein, Kaudel, Du mußt ja einen Granitblock, statt eines Herzens, in der Brust tragen, wenn Du so etwas sagen kannst. So viel weiß ich aber, wenn es nicht der theueren Kinder wegen, weit im lieben England wäre, nach dieser Rede führe ich nicht wieder mit Dir zurück — nein wahrhaftig nicht, Kaudel, ich verließe Dich hier auf diesem nämlichen Orte und ginge in ein Kloster. Eine Dame auf dem Schiffe hat mir gesagt, daß hier eine ganze Menge von ihnen wären. Ja — ich würde meine noch übrige Lebenszeit eine Nonne.

Nun, Kaudel, ich weiß wahrhaftig nicht weshalb Du jetzt lachst, daß das ganze Bett schüttelt. Das machst Du aber immer so, anderer Leute Gefühle sind Dir stets lächerlich; aber das weiß ich, ich würde eine Nonne oder eine barmherzige Schwester.

Das wäre unmöglich? Oh Kaudel, Du weißt wahrhaftig nicht, was ich Alles werden kann wenn ich gereizt bin. Du hast den Wurm lange genug getreten, wirst es aber schon noch bereuen. Verschone mich nur mit Deinen profanen Reden; Du solltest der Letzte sein, den Himmel auf solche Art anzurufen. Das sage ich Dir übrigens, Dein Betragen im Zollhaus war schändlich, niederträchtig, und das noch dazu in einem fremden Lande. Darum hast Du mich auch nur hierher gebracht, daß ich beleidigt werden soll, eine andere Ursache kannst Du gar nicht gehabt haben mich von England fortzuschleppen. Laß mich aber nur erst einmal wieder zu Hause sein, Kaudel, nachher kannst Du Dir die Zunge ausschwatzen ehe Du mich wieder in eine von diesen ausländischen Ortschaften bringst.

Was Du gethan hast? Da haben wir's — auf die Art ärgerst Du eine arme Frau wie ich bin noch zu Tode; aber schlimmer wie ein Türke beträgst Du Dich, Kaudel, schlimmer wie ein Türke —

Du wolltest, Du wärst ein Türke? und ist Das ein Wunsch für einen ehrbaren Handelsmann, wenn er mit seiner eigenen, ihm angetrauten Frau im Bette liegt? Und Du noch dazu — Du wärst ein Mann für einen Türken. Das muß ich sagen.

Was Du gethan hast? Dein Glück ist's, daß ich Dich nicht sehen kann, denn roth mußt Du jetzt bis über beide Ohren sein, so viel weiß ich — gethan? was Du gethan hast? Hat mir nicht das Lumpenvolk im Zollhaus den Korb visitirt?

Das geschieht allemal? So? und wenn Du das wußtest, Kaudel, weshalb schlepptest Du mich denn hierher, wie? Nein, ein Mann, der seine Frau nur so viel achtet, hätte das nicht gethan; Du aber, Du konntest ruhig dabei stehen und zusehen, wie der Mensch mit dem gräßlichen Schnurrbart meinen Korb durchwühlte — meine Nachtmützen verzerrte — die ganzen Franzen daran verkrumpelte und — nein, wenn Du nur einen Tropfen Mannesblut in Dir gehabt hättest, so müßte es dabei getobt und gekocht haben. Aber nein — da standest Du und sahst so mild und sanft aus, als wenn Du Butter auf der Zunge hättest; der Mensch drückte meine Haube zusammen, als ob's ein Wischlappen gewesen wäre, und Du mucktest nicht.

Ja, Kaudel, wenn es Mamsell Betsenbergers Nachthaube gewesen wäre — oh — Schade doch um Dein Stöhnen — ja, wenn es ihre Nachthaube oder ihre Haarbürste oder Papilloten gewesen wären, dann hätte ich einmal sehen mögen was Du dazu gesagt haben würdest. Nein, überhaupt jeder, der nur so viel männlichen Geist hat, würde über den unverschämten Menschen hergefallen sein, und wenn er tausend Schwerter an der Seite gehabt hätte. Das weiß ich aber, wäre ich die Frau eines Anderen, den ich jetzt nicht nennen will, geworden, der würde mich nicht so haben behandeln lassen, das ist sicher.

Nein, Kaubel, hoffe nur nicht, daß ich Dich jetzt schlafen lasse, oder daß Du mich auf eine solche Art zum Schweigen bringst. Deine Künste kenne ich, bei mir schlagen sie aber nicht an. Und das war noch nicht einmal genügend, daß sie meinen Korb visitirten, nein, ehe ich nur einmal eine Ahnung davon hatte, spedirten sie mich in ein anderes Zimmer hinein.

Was Du dagegen machen konntest? wenn Du es nur versucht hättest etwas dagegen zu machen, aber nein, obgleich es in einem fremden Lande war und ich nicht französisch spreche — (wenigstens keinen solchen Summs davon mache, wenn ich auch mehr davon verstehe wie manche andere Leute) nein — trotz ihrem wüsten, ungenießbaren Geplapper ließest Du mich fortschleppen und machtest Dir nicht so viel daraus, wie ich Dich wiederfinden sollte — und noch dazu in einem fremden Lande. Das ist aber was Du wolltest, Kaubel — sieh, ich habe nicht den mindesten Zweifel mehr, das ist was Du wolltest; Du wärst froh gewesen wenn Du mich hättest auf eine so feige, erbärmliche Manier los werden können. Oh Kaubel, wenn ich jetzt nur Deine geheimsten Gedanken lesen könnte, das ist die einzige Ursache, weshalb Du mich hierher gebracht hast. Du wolltest mich gern verlieren; und nachdem ich Dir eine solche Frau gewesen war.

Was rufst Du jetzt „Um aller Barmherzigkeit willen"? Du weißt auch etwas Rechtes von Barmherzigkeit, sonst hättest Du nie geduldet, daß sie mich in das Zimmer schleppten. — Um visitirt zu werden — ja wohl — als ob ich ein Verbrecher und ein Schmuggler wäre. Nein, Kaubel, wenn Du nur der Schatten eines Mannes wärest, so könntest Du nach dem, was ich heute erduldet habe, in den nächsten sechs Monaten kein Auge wieder zu thun.

Gut, ich weiß es, es waren blos Frauen da, das bleibt sich aber vollkommen gleich, denn so viel ist gewiß, wenn ich als eine Taschendiebin eingefangen wäre, so hätten sie nicht schlimmer mit mir umgehen können. — So behandelt zu werden und noch dazu von dem eigenen Geschlecht. Was sagst Du?

Ich hätte doch keine Männer dabei haben wollen? Nein, Kaubel, das weißt Du recht gut, und es ist gemein von Dir, auch noch so eine Bemerkung zu machen.

Was Du dabei thun konntest? Und das ist Deine ganze Entschuldigung? Die Thüre aufbrechen — das konntest Du thun. Meine Stimme mußt Du doch auf jeden Fall gehört haben, wenn Du mir auch zehnmal das Gegentheil verficherft — die haft Du gehört. — Wann ich je alle die Bänder wieder annähen werde, die fie mir heute abgeriffen haben, das weiß der liebe Gott, aber nicht felig will ich werden, wenn fie mir nicht die Lumpen herunter riffen, als ob ich ein Schiff im Sturme gewefen wäre. Und Du kannft dabei lachen, Kaubel?

Du haft nicht gelacht? Rede nur nicht fo — Du lachft manchmal, wenn Du felber nichts davon weißt — ich weiß es aber. Und übrigens haft Du mich hier an einen prächtigen Platz gebracht, in eine wundervoll anftändige Gegend, wo die Frauen ohne Hauben und die Fifchermädchen mit bloßen Beinen herumgehen; Du kommft mir aber mit Fifch, fo lange ich hier bin.

Warum nicht? warum nicht? glaubft Du, ich foll auch noch folches Volk in feinen Untugenden, nein in feinen Laftern beftärken? weiter fehlte mir gar Nichts.

Dein Gute Nacht fagen hilft Dir Nichts, Kaubel, nein, ich kann nicht einfchlafen fo bald ich die Nafe auf's Kiffen drücke, wie Du es immer machft, und noch dazu bei einer Thür an der ein folches Schloß fitzt. Wer weiß denn was Nachts herein kömmt. Wie?

Alle Schlöffer find fchlecht in Frankreich?

Um fo größere Schande für Dich, daß Du mich an folche Orte geführt haft. Aber, wir wollen uns hier in dem barbarifchen Lande nicht auch noch ftreiten, nein, Kaubel — das wollen wir nicht. Höre einmal, lieber Balthafar, was heißen denn „Spitzen" auf franzöfifch? Was?

Dentelles? So? Du fagft mir doch die Wahrheit?

Du hätteft mich noch nie belogen? o Kaubel, fage das nicht; in diefer ganzen weiten Welt lebt kein einziger verheiratheter Mann, der mit gutem Gewiffen feine Hand auf's Herz legen und das fagen könnte. Spitzen auf Franzöfifch — bitte, fprich es noch einmal aus, Kaubelchen.

Dentelles? Hm — Dentelles — nun gute Nacht, lieber Balthafar — Dentelles — Den - tel - les - s - s - s.

„Später," fchreibt Kaubel, „erfuhr ich zu meinem Schaden, weswegen fie mich nach dem franzöfifchen Worte gefragt hatte, denn am nächften Morgen ging fie mit unferer Wirthin aus und kaufte einen Schleier, den fie zu Haufe für das halbe Geld bekommen hätte."

Siebenundzwanzigste Predigt.

Madame Kaudel kehrt in ihr Geburtsland zurück. Kaudels unmännliches Benehmen, indem er sich geweigert hatte, für seine Frau einige Kleinigkeiten zu schmuggeln.

Der Himmel weiß wie selten es geschieht, daß ich Dich um etwas bitte, Kaudel; wenn ich es aber wirklich einmal thue, dann kann ich mich auch darauf verlassen, daß es mir verweigert wird. Natürlich — ich bin ja Deine Frau. — Jeder andere Mann auf dem Boot konnte sich wie ein wirklicher Ehemann betragen, ich aber mußte sehen wie ich allein durch kam. Doch eine Närrin bin ich, daß ich mich noch darüber wundre, das sollt' ich wenigstens jetzt gewohnt sein, das ist nichts Neues mehr.

Jeder andere ordentliche Mann konnte für seine Frau ein paar Kleinigkeiten durchschmuggeln, ich möchte aber eben so gut allein in der Welt stehen, das wäre gerade dasselbe. Nicht einmal ein elendes halbes Dutzend seidener Strümpfe wolltest Du für mich in Deinen Hut nehmen, während alle Andern in Spitzen und Gott weiß was ordentlich eingewickelt waren.

Was ich mit seidenen Strümpfen wollte? Aha! also dahin ist es gekommen. Es gab einmal eine Zeit, Kaudel, wo etwas auf meinen Fuß gehalten wurde, ja, und auf den Knöchel auch; wenn aber eine Frau erst einmal verheirathet ist, dann fällt das natürlich Alles weg — o versteht sich von selbst.

14

Nein, ich bin kein Cherub, Kaudel, sage das nur nicht, ich weiß recht gut, was ich bin. Wenn es aber nur Mamsell Betsenberger gewesen wäre, für die hätteſt Du ſchon geſchmuggelt, o mit dem größten Vergnügen; ja — der ſtehen auch ſeidene Strümpfe ganz vortrefflich, aber —

Du wollteſt, Mamsell Betsenberger wäre im Mond? Nein, Kaudel, das iſt Verſtellung — das wünſcheſt Du Dir nicht, das ſagſt Du nur ſo, da guckt Deine Heuchelei wieder durch. Sie wäre mir übrigens eine Perſon für den Mond — gerade die rechte; glänzender würde er auch nicht durch ſie, ſo viel weiß ich. — Und wie betrugſt Du Dich als Du merkteſt, daß mich die Zollbeamten anſtarrten als wenn ſie mich mit ihren Blicken durchbohren wollten? ſchändlich — unverzeihlich! Du wurdeſt roth und drehteſt und wandteſt Dich und ſprangſt von einem Bein auf's andere, als ob ich wirklich ein Schmuggler geweſen wäre.

Das war ich auch! und wenn ich es geweſen wäre, Du hätteſt der Letzte ſein ſollen, der ſich ſo betrug.

Du konnteſt Nichts dafür? Puh — und Du nennſt Dich einen Mann — einen Mann der Charakter und Willensſtärke hat. Einer der Herren der Schöpfung — konnte Nichts dafür — Gott ſteh' mir bei. Ich mag aber thun was ich will um zu ſparen — das iſt immer mein Lohn.

Ja, Kaudel, ich werde auf dieſe Art ſparen, aber wie viel? erfährſt Du nicht von mir, ich kenne Deinen ſchmutzigen Geiz, Du wärſt im Stande es mir nachher wieder vom Hausſtandsgelde abzuziehen. Das geht Dich auch nichts an, woher ich all' das Geld habe, um ſo viele Sachen zu kaufen. Das Geld gehörte mir, und es iſt auch nicht an Puddingen geſpart; aber die Frau, die ihr Bischen am meiſten zuſammenhält, von der wird auch immer am wenigſten gehalten; nur die großen Damen, die werden geachtet und auf Händen getragen. Wenn ich Dich zu Grunde richtete, Kaudel, ja dann würdeſt Du anfangen mich zu ſchätzen. — O ich kenne Euch Männer.

Ich will aber nicht ſchlafen. Du haſt gut reden, kaum liegſt Du im Bett, ſo ſchläfſt und ſchnarchſt Du wie eine Ratte, ſo kann ich aber nicht ſchlafen — mein Geiſt hält mich munter. Und das noch dazu heute Abend, wo ich mich wirklich ſo glücklich, ſo vergnügt und zufrieden fühle, da ſoll ich meinem Herzen nicht einmal mit ein paar Worten Luft machen.

Nein, Kaudel. — Ich kann nicht im Stillen denken. Wenn es aber nur dieſe Mamſell Betſenberger wäre, der könnteſt Du ſchon zuhören. Oh rede was Du willſt, ich ſpreche doch, und nun gerade. Es kam mir überhaupt etwas mehr als ſonderbar vor, daß ſie auch auf dem Damm war wie das Boot landete. Die hat ſich nach Dir den ganzen Morgen mit einem Teleſkop umgeſehen, das iſt ſicher; keck genug wär' ſie dazu. Und wie ſie ſeizte und grinſte als ſie mich

kommen ſah, und konnte nachher auch noch ſagen: „wie fett ich geworden wäre" —
unverſchämtes Ding das — O ja, der wär' es recht geweſen, wenn ſie mich viſitirt
hätten — darum lachte ſie auch nur ſo. — Ich wollte aber, ich hätte zwei von
meinen kleinen, lieben Mädchen mitgenommen; denke Dir nur wie viel Sachen ich
um die hätte herumnähen können.

Nein, ich brauche mich deshalb nicht zu ſchämen, Kaubel, aus unſchuldigen
Kindern Schmuggler zu machen; je unſchuldiger ſie ausſahen, deſto beſſer und
vortheilhafter war das. Da kommſt Du aber ſchon wieder mit Deinen G r u n d =
ſ ä t z e n angeſtolzt, Grundſätze — als ob das nicht ſchon im Menſchen läge, ſchmug=
geln zu wollen. Das wird uns ſicherlich angeboren. — Hübſch angeführt hab' ich
ſie aber heute, das muß wahr ſein — Spitzen und Sammet und ſeidene Strümpfe
und andere Sachen, ohne die Gläſer und Karaffen.

Nein, Kaubel, ich ſah nicht ſo aus als ob mir eine Adreſſe mit einem
daraufgemalten Glas Noth gethan hätte, damit mich die Leute nicht zerbrächen.
Das iſt wieder einer von Deinen Witzen wie Du ſie nennſt, die ſollteſt Du aber
für die aufbewahren die ſich etwas daraus machten. Ich ſchenke ſie Dir.

W a s   i c h   ü b e r h a u p t   v e r d i e n t   h a b e ? Nein, Kaubel, das erfährſt
Du nicht, Du nicht. O ja — ich weiß recht gut, wie viel Geld es Dich gekoſtet
hätte, wenn ich viſitirt wäre, das wußt' ich aber ſchon daß ſie das nicht ſollten.
Und Du wollteſt nicht ſchmuggeln — o nein, Du hielteſt das nicht der Mühe
werth — o Du haſt das Pulver erfunden, Kaubel, ha — ha — ha!

W a s   i c h   z u   l a c h e n   h a b e ? Oh, Du weißt das nicht? ſo ein pfiffiger, ſcharf=
ſichtiger Mann und weiß' das nicht? ha — ha — ha. — Nun gut, ich will es Dir
ſagen. Sieh', ich wußte im Voraus, wie ungefällig und häßlich Du immer gegen Deine
arme Frau biſt, da hab' ich Dich denn ſchmuggeln laſſen, Du mochteſt wollen oder nicht.

W i e ?   W i e   K a u b e l ? ha — ha — ha — wie Du im Kaffeehaus wareſt,
nahm ich Deinen großen Ueberrock, und wenn ich nicht zehn Ellen vom beſten
Sammt unter das Futter genäht habe, ſo will ich eine ſchlechte Frau ſein. Du
hätteſt Dich nur ſehen ſollen, Kaubel, wie unſchuldig Du ausſaheſt, als die Zoll=
beamten immer um Dich herumgingen, o, Kaubel, das war ein wirklicher Genuß
— nur Dein Geſicht zu ſehen.

E i n   ſ c h ä n d l i c h e r   S t r e i c h   wär' das? einer Frau unwerth? ich
könnte mir nicht viel aus Dir machen? Als ob ich Dir das nicht ſchon
dadurch bewieſen hätte, daß ich Dir zehn Ellen Sammet anvertraute. Du kannſt
aber ſagen, was Du willſt, ich habe das Geld geſpart und auf Dank iſt bei Dir ſo
nie zu rechnen. Alles habe ich gerettet, Alles mit einander, nur die eine ſchöne
engliſche Novelle, die nahmen ſie mir aus der Hand und ſchnitten ſie in lauter kleine
winzige Stückchen.

14*

Das geschah mir recht? So? und Du weißt wie selten ich mir ein Buch kaufe. Wenn ich aber in Frankreich ein Buch für den zehnten Theil von dem kaufen kann, was sie hier unverschämt genug sind dafür zu fordern, so —

Und wenn sie's stehlen, das geht mich Nichts an, das ist ihre Sache. Als ob überhaupt in einem Buch etwas wäre das man stehlen könnte. Wann gehn wir denn jetzt wieder nach Hause, Kaubel?

Unsere Zeit ist noch nicht um? und was thäte das? Selbst wenn wir unsere Wohnung eine Woche länger bezahlen müßten, was noch nicht einmal nöthig ist, könnten wir das indessen im eigenen Hause leicht wieder ersparen. Du bist aber ein so sonderbarer, eigenwilliger Mann, und Dein Haus ist der letzte Ort, an den Du denkst. Ich werde aber kein Auge mehr zuthun können; die Furcht daß unterdessen etwas daheim vorfällt, wird mich wach halten. In der letzten Woche sind allein drei Feuer gewesen und die hätten eben so gut bei uns sein können. Soviel ist ausgemacht, den Platz hier hätt' ich gerade satt genug, es ist auch kaum mehr möglich, Dich aus alle den Spielhäusern zu halten, Kaubel; das wird ordentlich Leidenschaft bei Dir. Was für ein schönes Beispiel giebst Du nur dabei Deinen Kindern! Und wenn Du dann noch wenigstens etwas gewönnest, aber nein — im Leben nichts. — O doch — ja wohl — beinah' hätt' ich das ja vergessen — eine Nadelbüchse hast Du einmal gewonnen, die Du gleich an Ort und Stelle und vor meiner Nase dieser Mamsell Betsenberger schenktest. Schöne Aufführung das, für einen verheiratheten Mann, jungen Mädchen Geschenke zu machen, und solchen Mädchen noch dazu. Nadelbüchsen — als ob sie je eine Nadel in die Hand nähme.

Wenn ich noch länger hier bleibe, so werde ich vor lauter Angst krank, soviel ist sicher. Kein Mensch im Hause daheim wie die Frau Henkel, und Gott weiß es, was das für ein Geschöpf im Wirthschaftführen ist. Erst in der letzten Nacht hat mir geträumt, ich sähe unsere Katze, die mager wie ein Gerippe herumginge, und der Kanarienvogel läge starr und steif im Bauer auf dem Rücken und streckte die kleinen Beinchen gerade hinaus. Nein, Kaubel, Du weißt daß ich mich nie wohler fühle als wenn ich zu Hause bin, und dennoch bist Du von hier nicht wegzubringen. Der eigene Herd, das ist mein Platz, und wenn es auf mich ankäme, nicht eine Stunde verließ' ich den.

Wenn jetzt Diebe bei uns einbrächen, was könnte die Henkeln gegen sie machen? Also, nicht wahr, Kaubel, am nächsten Sonnabend fahren wir wieder nach Hause — nicht wahr? o wenn ich nur erst dort wäre! nicht wahr, am Sonnabend, Kaubel?

————

„Was ich geantwortet habe, weiß ich nicht mehr," schreibt Kaubel, „am nächsten Sonnabend waren wir aber wieder an Bord des „Red Rover".

————

Achtundzwanzigste Predigt.

~~~~~~

Madame Kaudel ist wieder glücklich zu Hause eingetroffen; dort findet sie aber natürlich Alles in der „fürchterlichsten Unordnung" — „nicht zum Ansehen" — und Kaudel greift, in bloßer Selbstvertheidigung, zu einem Buch.

Es ist doch schön, Kaudel, wenn man endlich einmal wieder in seinem eigenen Bette liegen kann. Heute Abend werd' ich herrlich schlafen.

Gott sei Dank! sagst Du? so? siehst Du, Kaudel, das war wieder eine von Deinen malitiösen Bemerkungen — ich weiß wohl was Du meinst. Aber natürlich darf ich nicht daran denken, mir es einmal bequem und angenehm zu machen, Gott bewahre, Du mußt gleich wieder dazwischen fahren und mit Deinen beleidigenden Reden umherwerfen. Wenn Du Dir etwas aus dem Hause machtest, so wärst Du nicht gleich wieder hinaus gelaufen als Du kaum erst den Fuß über die Schwelle gesetzt hattest.

Sage nur ja nicht daß ich Dich wieder hinausgetrieben hätte, sobald wir drinnen gewesen wären; ich sprach nur von dem Schmutz und Staub, Du aber, Du würdest Dich in einem Ferkelstall wohl befinden — Reinlichkeit kommt bei Dir gar nicht in Betracht.

Wie wir fortgingen, hätte ich wahrhaftig geglaubt dieser Henkeln ungezähltes Gold anvertrauen zu können, und jetzt sieh nur einmal den Teppich an. Ehe wir abreisten, war ein Tiger drinnen, aber Den möcht' ich kennen, der da noch einen Tiger herausfände. O ja — Du kannst im Bette liegen und den Tiger verwünschen, das stellt den Teppich aber nicht wieder her, sonst könntest Du meinetwegen fluchen bis morgen früh.

Du konntest in aller Bequemlichkeit ausgehen und Deinen Klub besuchen, Du weißt aber nicht wie viel Fenster zerbrochen sind. Wie viel glaubst Du wohl?

Nein, ich werd' es Dir nicht erst morgen früh sagen, heute — jetzt gleich sollst Du es wissen. Nach Margate gehen um seine Gesundheit herzustellen — ja, das glaub' ich wohl — aber meine ganze Gesundheit war in dem Augenblick fort, wo ich zum ersten Mal wieder in die Küche trat. Meiner guten Mutter Porzellankrug ist an zwei Stellen geborsten. Hinsetzen hätt' ich mich können und weinen wie ein Kind, als ich es sah. Den Krug hab' ich gekannt so lang ich denken kann.

Ich hätte ihn einschließen sollen? So — das ist Deine Theilnahme für Alles was mich angeht; ich wollte nur, es wäre Deine Punschbowle gewesen, aber Gott sei Dank, ich glaube, die hat auch einen Knacks bekommen. Und die Fenster — rathe einmal wie viel.

Es ist Dir einerlei? So? wenn sich Niemand weiter erkältete als Du, wäre auch kein großer Verlust bei der Sache; aber denke Dir nur, sechs Scheiben sind rein heraus und drei geborsten.

Das weiß ich daß Du Nichts dafür kannst, aber bin ich etwa Schuld daran? Ei da möchte man ja sein Haus lieber nie im Leben wieder verlassen — und das will ich auch — ich will auch zu Hause bleiben und dann kannst Du allein an die Seeküste reisen und dort mit Mamsell Betsenberger herumspazieren.

Höre, Kaudel, wenn Du das Kopfkissen auf eine so rohe, brutale Weise mit der Faust schlägst, so stehe ich auf. Es ist wahrhaftig höchst sonderbar daß ich den Namen der Person gar nicht mehr aussprechen darf, ohne daß Du mit dem Kopfkissen Streit anfängst. Es muß doch etwas an der Sache sein, sonst würdest Du nicht so herum fahren, ein schuldiges Gewissen braucht — nun Du weißt schon was ich sagen will. — Noch eine ganze Woche wollte sie draußen bleiben und auf einmal bekam sie einen Brief — o ja — wahrscheinlich bekam sie den Brief; natürlich. Und dann meinte sie, es würde ihr lieber sein in unserer Gesellschaft zu reisen als allein. Ja wohl — das verstand sich ja von selber — das paßte Alles so prächtig. Ich weiß aber was sie dachte, sie meinte, ich würde wieder krank, und unten in der Kajüte sein, doch trotz aller ihrer Schlauheit hatte sie sich dabei verrechnet, — so klug bin ich auch noch wie die. Ich war übrigens krank, recht krank, wenn Du es auch nicht bemerken wolltest, Kaudel; o Du hast manchmal ein Herz so hart wie ein Holzapfel.

Was sagst Du? Gute Nacht, Liebchen? ja wohl — Du kannst sehr zärtlich sein — sehr; wie alle Männer, wenn es ihren Zwecken zusagt. Wie kann ich aber schlafen, wenn ich den ganzen Kopf voll Haussorgen habe? Die Kaminvorſetzer erholen ſich im Leben nicht wieder. Die Meſſer habe ich noch nicht ge= zählt, aber daß die Hälfte fehlt, darauf bin ich vorbereitet.

Nein, Kaubel, ich glaube nicht immer das Schlimmſte und quäle mich auch nicht ſtets vor der Zeit mit unnützen Sorgen, das iſt aber mein Dank daß ich mich um das Deinige bekümmere und mir die Sache zu Herzen nehme. Eine ſchlechte Frau will ich ſein wenn in den Gardinen nicht Spinnen ſitzen wie die Muskatnüſſe groß. Keinen Beſen hat der ganze Platz geſehen ſeit ich fort bin. Ob ich aber im Haus nicht Alles oberſt zu unterſt kehre, wenn ich morgen früh aufſtehe, das wollen wir einmal erleben.

Nach meinem Eingemachten zu ſehen hab' ich noch nicht einmal das Herz gehabt, denn wenn die Thür auch verſchloſſen war, ſo bin ich doch feſt überzeugt daß ſie mir darüber geweſen ſind. Ja wohl, Du kannſt jetzt in Deinem Bette das Ein= gemachte und die Gurken verwünſchen und vermaledeien, ſonſt aber macht kein Menſch größeren Spektakel darum, ſobald ſie nur einmal auf dem Tiſche fehlen. — Ich hoffe übrigens zu Gott daß ſie auch im Weinkeller geweſen ſind, damit Du doch wenigſtens erfährſt wie mir zu Muthe iſt. Und die arme Katze — Was?

Du haſſeſt Katzen? Ja wohl — natürlich, weil es mein Liebling iſt, darum haſſeſt Du ſie. Wenn die Katze nur reden könnte.

Das iſt gar nicht nöthig? Nöthig? was meinſt Du damit, Kaubel? — Wenn die Katze nur reden könnte, ſag' ich, die würde es erzählen wie ſie be= trogen iſt. — Das arme Ding das. Ich weiß freilich wo all' das Geld hinge= kommen iſt, das ich für ihre Milch zurückgelaſſen habe; ich weiß es.

Was haſt Du denn da, Kaubel? ein Buch? was? Wenn ich Dich nicht ſchlafen laſſe, willſt Du wenigſtens leſen? Nun das iſt noch ſchöner, wenn das nicht eine Frau auf den Tod beleidigen heißt — Bücher mit in's Bett zu nehmen. Da möcht' ich denn doch wiſſen was die Ehe eigentlich iſt — Aber Du darfſt nicht leſen, Kaubel, darauf kannſt Du Dich verlaſſen — nicht ſo lange ich die Kräfte habe aufzuſtehen und das Licht auszublaſen.

So behandelſt Du alſo Deine Frau? o ja, um das was in Büchern ſteht, darum kümmerſt Du Dich, für das aber, was um Dich herum vorgeht und Dich intereſſiren ſollte, da haſt Du ein Herz wie ein Stein. Ich möchte nur wiſſen was es für ein Buch iſt. Was?

Milton's verlorenes Paradies? Das hab' ich mir doch gedacht, daß es irgend ſo ein Wiſch wäre den Du vorgeſucht haſt, um mich zu kränken und zu beleidigen. Ein ſchönes Buch um im Bett darin zu leſen; und ein recht reſpek= tabler Mann war der auch, der es geſchrieben hat.

Was ich von dem weiß? Mehr als Du glaubſt. Ein prächtiger Menſch das, o ja, mit ſeinen ſechs Weibern.

Er hatte keine sechse, nur drei? Nun, und ist da ein Unterschied? Aber natürlich mußt Du ja seine Partei nehmen. Die armen Frauen mögen es schrecklich genug bei ihm gehabt haben. Uebrigens, Kaubel, scheint es mir fast, als ob Du seinem Beispiel folgen wolltest, sonst würdest Du doch nicht seine Schriften —

Drei Weiber — um Gotteswillen? Nun höre, Kaubel, wenn da Jemand „um Gotteswillen" zu sagen hätte, so wären es immer erst noch die Frauen. Du solltest mir aber kommen und mich so behandeln, wie der die behandelt hat. Du solltest mir kommen. — Dichter — ja wohl — ein Gesetz sollte gegeben werden, daß keine von denen andere Frauen haben dürften, als auf dem Papier. Der liebe Gott sei den armen Kreaturen gnädig, die sich ihr ganzes Lebenlang an solche Gesellen binden. Es geht ihnen wie den Motten mit einem Licht — Apropos — bei den Lichtern fällt mir ein, daß die Lampe im Vorsaal total ruinirt ist. Aber das — Hörst Du mich, Kaubel? Kaubel! willst Du nicht antworten? Und weißt Du denn wo Du bist, Kaubel? Was?

Im Garten von Eden? Bist Du? so? dann will ich Dir nur sagen daß Du dort zu solcher Zeit, in der Nacht, gar Nichts zu suchen hast.

———

„Und damit," schreibt Kaubel, „kletterte sie aus dem Bett und löschte mein Licht aus."

———

Neunundzwanzigste Predigt.

**Madame Kaudel glaubt daß es an der Zeit sei, sich, wie „andere Leute"
ein eigenes Landhäuschen anzuschaffen.**

Du hättest Dich heute Abend eigentlich ein Bischen pflegen sollen, Kaudel
— Du bist nicht recht wohl, ich habe es Dir gleich angesehen. — Wie, Kaudelchen?
Ja, so seid Ihr Männer — trotzig und starrköpfig. — Nie soll ihnen was fehlen —
ich sehe das aber gleich, Kaudel, ich habe ein merkwürdig scharfes Auge für so
etwas. Eine Frau die etwas auf ihren Mann hält, muß das auch haben, es ist
ihre Schuldigkeit. Wie Talg hast Du die ganze Woche lang ausgesehen, und was
noch schlimmer ist, Du ißt gar Nichts — Du hast keinen Appetit mehr. — Ordentlich melancholisch macht es mich, wenn ich Dich vor dem Fleische sitzen sehe. Bei
Tisch, wenn die Kinder dabei sind, sage ich natürlich Nichts, aber glaube ja nicht,
daß ich deßhalb weniger fühle. Nein, Kaudel, Du bist nicht recht wohl — O
— versündige Dich nicht, Balthasar.

Du wärst so gesund wie ein Fisch? betrüge Dich nur nicht selber,
Kaudel. Die Krankheiten, die man nicht selbst erkennt, sind ja gerade die gefähr-
lichsten. Nein — Du ißt auch nicht so viel wie früher und wenn Du es wirklich
thätest, so geschieht es nicht mit dem früheren Behagen, mit dem früheren Appetit —
darin kann ich mich nicht täuschen. Ich weiß aber was Dich so ungesund macht;
das eingeschlossene Leben im Hause hier, die ungesunde Luft die Du athmest, das
ist es — der Stadtrauch und Staub, das ist's, was Dir am Körper frißt.

Es frißt Nichts an Deinem Körper? O, Kaudel, Du weißt recht gut, wie ich es meine — ich kenne aber Deine alte Entschuldigung — die Luft wäre Dir noch nie schlecht vorgekommen. Nein, bis jetzt vielleicht nicht, das geb' ich zu; wenn Leute aber älter werden und wenn ihr Handel und Gewerbe gut geht — und ich dächte doch, Kaudel, Du hättest Dich da über Nichts zu beklagen, — so ist ihnen die Stadtluft nie mehr so zuträglich wie früher. Empfänglichkeit für Krankheiten kommt mit dem Geld. Gott, was für ein rothes Gesicht Du hattest, als Dir kein Pfennig in der Tasche klimperte, und sieh Dich jetzt an, bleich wie eine Wachspuppe siehst Du aus. Dreißig Jahre würde es Dir aber am Leben nützen, und denke nur welch ein Segen das für mich sein müßte; — nicht etwa als ob ich den dritten Theil erleben sollte, nein wahrhaftig. Dreißig Jahre, Kaudel, — wenn Du Dir so ein kleines niedliches Häuschen bei Brixton —

Du hassest Brixton? Ja, Kaudel, das sieht Dir ganz ähnlich — einen wirklich nobeln Platz kannst Du nicht ausstehen. Aber Brixton und Balaam-Hill haben für mich etwas unaussprechlich Anziehendes — so etwas Auserwähltes. Dort besucht kein Mensch den Andern, ausgenommen er wäre auch wirklich etwas. Die schönen Kirchsitze gar nicht zu erwähnen, die einem Gotteshaus ein so anständiges Aussehen geben. Uebrigens mache das wie Du willst. Wenn Du Brixton nicht leiden magst, was hältst Du dann von Clapham-Common? wie? — Oh — das ist wieder eine von Deinen Fabeln, sage nur nicht, daß Du dort wie ein Robinson Crusoe mit Weib und Kindern allein gelassen würdest, weil Du Detailhändler wärest. Was?

Die Engroshändler besuchen da draußen nie die Detailhändler? da guckt Dein alter Menschenhaß wieder durch, Kaudel, ich glaube kein Wort davon. Aber wenn es auch wäre, so sehe ich darin immer noch nichts so Erschreckliches. Es ist nothwendig, daß man etwas auf seinen Stand hält, wozu existirte denn diese Welt sonst eigentlich; und wenn sich ein Seifenhändler höher hält als ein Lichterzieher, so finde ich das ganz natürlich; es ist nur der selbstgefühlte Werth. Was sagst Du?

Die Aristokratie des Fettes wäre es? Ach, Kaudel, Du hast immer Deine boshaften Bemerkungen; aber wenn Du von Clapham-Common nichts wissen willst, was sagst Du denn da zu Hornsey?

Zu hoch? Was Du für ein Mann bist. Nun — zu Battersea?

Zu flach? Du könntest eine Heilige ärgern, das mußt Du doch wenigstens eingestehen, Kaudel. Hampstead denn —

Zu kalt? Unsinn, Deine Nerven würden wieder gesund und straff wie eine Trommel werden, und das fehlt Dir gerade. Du verdienst aber gar nicht, daß sich noch Jemand um Deine Gesundheit bekümmert und ebensowenig um Deine Bequemlichkeit. Bei Fulham soll es wunderhübsche Plätze geben. — Nein, Kaubel, nicht ein Wort laß ich Dich gegen Fulham sagen. Das muß ein herrlicher Fleck und trocken, gesund und angenehm sein, sonst würde gewiß kein Bischof dort wohnen. Komm' mir jetzt nicht mit Deinen heidnischen Grundsätzen, Kaubel, ich will sie nicht hören, und so viel weiß ich, mit dem was für einen Bischof gut genug ist, könntest Du ebenfalls zufrieden sein; die Ideen, die Du aber in dem Klub aufliesest, die sind erschrecklich. Nein, Dich so von Bischöfen reden zu hören; ich hoffe nur zu Gott daß Dir, der lieben Kinder wegen, kein Unglück geschieht.

Ein hübsches Häuschen und ein Gärtchen dazu. O, Kaubel, ich bin für einen Garten geboren. Es ist etwas in einem Garten, das einen wieder so jung, so unschuldig macht; das Herz thut sich mir ordentlich auf, wenn ich Rosen sehe. Und was wir für schönen Johannisbeerwein da draußen machen könnten. Und dann Radieschen; kaufe sie so frisch wie Du willst, es sind doch keine so gut wie die eigenen, sie schmecken zehnmal so süß — was?

Und sind zwanzigmal so theuer? Siehst Du, da fängst Du schon wieder an; ich darf mir auf der weiten Gotteswelt Nichts wünschen, so hältst Du mir die Ausgaben unter die Nase. — Nein, Kaubel, ich würde es nicht schon in einem Monat wieder satt bekommen; ich sage Dir ja, ich bin für das Landleben erschaffen, aber hier hast Du mich festgehalten, hier in der Stadt, daß ich kaum noch weiß aus was Gras gemacht wird; und hast Dich um meine Gesundheit nicht so viel gekümmert. Große Stücken mußt Du auf Deine Frau und Kinder halten, daß Du sie hier in Sonnenhitze und Schornsteinqualm durchräuchern läßt, als ob sie Speck wären. — Ich kann es ordentlich sehen wie es die Kinder im Wachsthum hindert — Zwerge werden das, richtige Zwerge, und Niemand Anderem als ihrem Vater sind sie nachher dafür verpflichtet — Oh ich weiß was Du denkst, Kaubel.

Ich wüßte es nicht? und ich sage Dir, ich weiß es; hättest Du aber das Herz eines Vaters, Du würdest ihre lieben bleichen Gesichterchen nicht mit einer solchen unerträglichen Gleichgültigkeit ansehen können. Der arme kleine Richard ißt gar nichts mehr. Was?

Er hätte sechs Stücke Fleisch heute Mittag verzehrt? Ein schöner Vater mußt Du sein, daß Du ihnen die Bissen zählst, die sie in den Mund stecken. Das bleibt sich aber gleich. Du solltest nur sehen was das arme Kind essen würde, wenn es ordentlich gesund wäre. — Und wie gut, wie bequem könnten wir es da draußen haben; so geht es aber jedesmal; mit mir willst und kannst Du Dich nicht wohl fühlen.

Wie frisch und kräftig Du jeden Morgen in Dein Geschäft gehen könntest, und welche Lust das für mich sein würde, Dir eine Rose oder Tulpe ins Knopfloch zu stecken, um Dich gewissermaßen als Landmann heraus zu putzen. Du bist aber nie wie andere Männer, Kaubel, — nie im Leben. — Ich weiß übrigens weshalb Du nicht aus der Stadt willst — ich weiß es recht gut. Du denkst, Du könntest dann nicht mehr in Deinen widerlichen Klub gehen, Du müßtest ordentlich zu Hause bleiben, wie es andere anständige Männer machen, die sich unter ihrem eigenen Apfelbaum und im Kreise ihrer eigenen Familie ergötzen. Dort hätt' ich auch nichts gegen Dein Rauchen, Kaubel; in freier Luft könntest Du den ganzen Tag die Pfeife im Mund haben, wenn das Dich glücklich machte, denn ich will ja doch weiter gar Nichts auf der Welt, als nur Dich wohl und zufrieden sehen. Du bist aber gar nicht wie andere Männer.

Du redest ja gar nicht, Kaubelchen — sag', soll ich mich morgen nach einem Hause umsehen? wie? es ist doch ein verlorner Tag für mich, da ich überdies ausgehen will, um der Kleinsten Ohrlöcher stechen zu lassen.

Du willst nicht haben, daß ihr Ohrlöcher gestochen werden? Nun jetzt möcht' ich doch wissen, warum. Weil es eine barbarische Gewohnheit ist? Oh, Kaubel, Du hast gar Nichts mehr in dieser Welt zu suchen — je eher Du fortgehst und in irgend eine Wüste oder Höhle hineinkriechst, desto besser. Du wirst ganz untauglich für christliche Gesellschaft. Jetzt bin ich nur neugierig, was nun noch kommt. Meine Ohren sind durchstochen und — was? Deine auch? o ich weiß was Du damit meinst, Kaubel, aber Deine schnöden Bemerkungen helfen Dir Nichts. Meine Ohren waren durchstochen und meiner guten Mutter Ohren und Großmutters und Urgroß — was?

Das wäre weit genug? Höre, Kaubel, das ist eine allbekannte Sache, daß Du Dir aus meiner Familie nie etwas machst — ja, wenn sie zu Deinem Klub gehörten; aber ich weiß, daß unter denen wenigstens keine Barbaren existirten, nein, Kaubel, in meiner Familie ebenso wenig, wie in der Deinigen und darum sehe ich auch nicht ein, weßhalb Pussy's Ohren nicht so gut durchstochen werden sollten, wie die ihrer Schwestern. Die tragen doch Ohrringe und Du hast früher nie ein Wort dagegen gesagt.

Du bist jetzt klüger geworden? Ja wohl — da steckt wieder Deine erbärmliche Politik dahinter. Wenn's auf Dich ankäme, thätest Du die ganze Welt in einen Würfelbecher, nicht etwa als ob Du Dir etwas Besonderes aus ihr machtest, nein, sondern nur, um einen besseren Wurf für Dich selbst zu kriegen.

Ich würde ganz poetisch? Nein, Kaubel, ich werde nicht poetisch, aber Pussy muß Ohrlöcher bekommen, und wenn Du Dich auf den Kopf stelltest. Ich sollte doch denken, daß sie eines Tages eben so gut einen Mann haben will als ihre Schwestern, und den möcht' ich kennen, der jetzt noch ein junges Mädchen ansieht, das keine Ringe in den Ohren trägt. Wenn Du die Welt kenntest, so würdest Du auch wissen was ein hübsches Paar Ohrringe manchmal für Folgen hat

— besonders Diamanten, wenn man sie bekommen kann.   Ich weiß aber jetzt schon weshalb Du keine Ohrringe leiden kannst — Mamsell Betsenberger trägt auch keine.   Sie thät' es aber, so viel weiß ich, wenn sie nur welche bekommen könnte. O ja — es giebt weiter Niemanden auf der Welt als Mamsell Betsenberger — Nun sei nur ruhig, Kaubel, ich will auch jetzt kein Wort mehr von Pussy's Ohren sagen; darüber können wir reden wenn Du einmal vernünftig bist, denn der liebe Gott weiß es, ich wäre die Letzte, die Dich ärgern sollte — Also um wieder auf unser Landhaus zurückzukommen, nicht wahr, lieber Balthasar?   Was?

Es liegt zu weit vom Geschäft? Es braucht aber nicht weit zu liegen, Kaubelchen; wir können es uns ja gerade in einer passenden Entfernung aussuchen, daß Du, wenn Du auch einmal spät nach Hause kommst, doch immer um eilf Uhr Dein Abendessen gehabt haben und ruhig in Deinem Bett liegen kannst. Nun, liebes Kaubelchen?

„Ich weiß nicht was ich antwortete," schreibt Kaubel, „nach kaum vierzehn Tagen fand ich mich aber in einer Art grünem Vogelbauer wieder, den mein Weib — zarter Satirist — unter jeder Bedingung „Taubennest" genannt haben wollte."

Dreißigste Predigt.

Madame Kaudel beklagt sich über das „Taubenneft". Entdeckt schwarze Käfer.
— Hält es nicht mehr als recht, daß sich Kaudel ebenfalls eine Kutsche und einen
Bedienten anschaffen sollte, und will ein „Goldband und Stulpenstiefeln" haben.

Nein, Kaudel, in Deinem Leben hätteft Du mich nicht in diese Wildniß gebracht, wenn ich vorher gewußt hätte wie es hier zugeht — So? wirf mir auch jetzt
noch vor, es wäre meine eigene Wahl gewesen. Das ist wohl ein männliches Betragen? Als ich zuerst hierher kam, schien die Sonne und es sah Alles wunderschön
aus; jetzt hat sich das aber schrecklich geändert.

Nein, Kaudel — ich will nicht, daß Du über die Sonne befehlen sollst —
ganz und gar nicht; wenn Du aber auf solch entsetzliche Art über Josua an zu
spotten fängst, so steh' ich auf. Daß Du nichts in der Sonne zu befehlen haft,
Kaudel, weiß ich recht gut, was hat das aber hiermit zu thun? ich rede von
einer Sache, und Du fängst von einer anderen an. So machst Du's jedesmal.

So viel weiß ich, eine Frau könnte gerade so gut im Grabe liegen, als hier
wohnen. Mir ist es überhaupt als wenn ich lebendig begraben wäre; ich fühle es
ordentlich. — Drei lange Stunden habe ich heute am Fenster gestanden und keinen
lebendigen Menschen gesehen wie den Briefträger, der nicht einmal zu uns käm.

Nein, es ist nicht schade, Kaudel, daß ich nichts Besseres zu thun
hatte — genug hatt' ich; aber das ist meine Sorge und ich sollte doch wenigstens

benken, ich wäre Herrin in meinem eigenen Hause, sonst möchte ich lieber hinaus gehen.

Und den ersten Abend wo wir hier waren, hatten wir die ganze Küche voll schwarzer Käfer. Eine Lügnerin will ich sein wenn es nicht aussah, als ob der ganze Platz von ihnen bedeckt wäre — es wimmelte Alles.

Was hustest Du denn, Kaubel? ich sehe hier gar Nichts zu husten. So machst Du's aber immer; im Dunkeln, wenn Du nicht die Nase rümpfen kannst, hustest Du. — Millionen von schwarzen Käfern; und wie die Glocke acht schlägt, marschiren sie heraus.

Sie sind sehr pünktlich? Das weiß ich, und ich wollte nur, andere Leute wären halb so pünktlich wie die, es würde anderen Leuten viel Aerger und wieder anderen viel Geld ersparen. Du weißt aber daß ich die Käfer hasse.

Nein, Kaubel, ich hasse nicht so viele Sachen, aber ich hasse schwarze Käfer, Kaubel, und ich hasse schlechte Behandlung; jetzt aber habe ich genug von beiden — dem Himmel sei's geklagt. — Gestern Abend kamen sie in's Besuchzimmer und nächstens werden sie natürlich auch bis in die Betten kriechen. Regimenter von ihnen seh' ich schon hier auf den Decken herumlaufen. Was machst Du Dir aber daraus; Du weißt nur daß es mich kränkt, und damit bist Du zufrieden. Recht angenehm das — schwarze Käfer im Bette zu haben.

Warum ich sie nicht vergifte? Das wäre noch schöner, Gift in's Haus zu stellen; Du mußt viel von Deinen Kindern halten. Ein wunderschöner Platz ist dies auch, um Taubennest zu heißen — Käferloch wäre besser.

Ich hätte ihn selbst getauft? das weiß ich, damals wußte ich aber noch Nichts von schwarzen Käfern. Ueberdies sind solche Namen nur für die Leute außer dem Hause, ohne daß ich damit jedoch sagen will, daß überhaupt Jemand hier vorbeikäme das unsrige anzusehen. Hat Madame Digby zum Beispiel nicht darauf bestanden ihr neues Haus „Liebe im Stillleben" zu nennen und weiß nicht trotzdem Jedermann, daß der Lump, der Digby, seine Frau fast alle Tage mißhandelt? Aber leider ahnen die Leute die draußen „Rosenhütte" lesen, selten, wie viel Dornen inwendig sind.

Nein, Kaubel, ich werde nicht sentimental werden. Du brauchst keine Angst zu haben, aber in dieser Welt sind Namen manchmal die Hauptsache; und das brauch' ich Dir doch nicht zu sagen.

Wieder der Husten — Du hast Dich erkältet, Kaubel, das wird Dir aber in einem fort so gehen, denn Du wirst regelmäßig den Omnibus verfehlen wie am Dienstag, und dann regelmäßig naß werden. Das kann keine Constitution aushalten und Du weißt gar nicht wie mir am Dienstag zu Muthe war, als ich es so gießen hörte und glauben mußte, Du könntest in dem Regen sein. Was?

Ich bin sehr gütig? Das ist wenigstens mein Bestreben, Kaudel, ich wünsche es zu sein. Sieh' also, Balthasar, da hab' ich mir denn die Sachen so überlegt, ob es nicht besser und vortheilhafter wäre, wenn wir eine kleine Chaise halten könnten.

Du kannst und willst das nicht? Sage das nur nicht, Du wirst sogar Geld dabei sparen. Ich habe so für mich nachgerechnet, was Du monatlich an Omnibusse bezahlst und bin überzeugt, Du kommst — das Anständige und Gentile der Sache selbst gar nicht zu erwähnen, — noch besser und billiger dabei weg, als so.

Und wie oft könnte ich dann selbst mit Dir in die Stadt fahren oder Dich gar, wenn Du einmal ein Bischen länger im Klub bleiben wolltest, dort abholen. Siehst Du, Kaudel, jetzt mußt Du manchmal machen daß Du nur fortkommst, wo Du, wenn Du eigenes Fuhrwerk hättest, bleiben und Dich vergnügen könntest. Und nach Deiner Arbeit brauchst Du auch wirklich eine Erholung, ich kann ja doch nicht verlangen, daß Du immer gleich zu mir nach Hause laufen sollst. Das thu' ich auch nicht, nicht wahr, Kaudel? — So eine hübsche, nette, elegante Chaise. Was? Du willst sehen? o ich weiß, Du bist immer ein braver, herziger Mann gewesen und Du glaubst gar nicht, wie glücklich es mich machen wird, wenn Du nicht mehr von den Omnibussen abhängen mußt. So eine kleine hübsche Chaise denn, mit dem Wappen auswendig am Schlag bemalt. Was?

Wappen wären Unsinn und Du wüßtest gar nicht ob Du eins hättest? Unsinn? gewiß hast Du eins und im schlimmsten Falle wäre das doch immer schnell genug für Geld zu bekommen. Ich möchte wissen wo Kalkbergs, des Milchverkäufers, Wappen hergekommen wäre, wenn er es nicht gekauft hätte, und auf dem Platze sind doch auch wohl noch mehr zu haben. Früher fuhr er auf einem grünen Karren und jetzt hat er eine große gelbe Kutsche mit zwei mächtigen Katzen im Wappen, die an den Schlägen — mit einer ganzen Menge Lateinisch b'runter — aufgerichtet stehen und aussehen, als ob sie ihre Bärte eben in Milch getunkt hätten. Du magst die Chaise kaufen, Kaudel, wenn es Dir Spaß macht, aber mich kriegst Du nicht hinein, außer die Wappen sind draußen b'ran, das weiß ich. Nein — nie! Ich sollte doch denken, was die Kalkbergs sind, sind wir auch. — Wenn Du übrigens kein Wappen hast, so habe ich eins, und das der Frau ist eben so gut wie das des Mannes. Morgen werd' ich an meine gute Mutter schreiben und sie einmal fragen, was wir gleich darin führten — wie? weißt Du es nicht?

Ein Mangelholz und ein Reibeisen? Kaudel, Du legst es ordentlich darauf an, meine Familie zu beleidigen, wo Du nur Gelegenheit dazu bekommst. Heute Abend sollst Du mir aber meine gute Laune nicht verderben; wenn Du übrigens nur diese Mamsell Betsenberger geheirathet hättest, dann würdest Du auch bald genug ein Wappen gefunden haben; daran zweifle ich gar nicht.

Gut — ich will ruhig sein, und der „jungen Dame" Namen nicht mehr erwähnen, eine hübsche D a m e ist es übrigens, und ich möchte nur wissen wie viel sie
— gut, gut, K a u d e l, ich habe Dir ja gesagt daß ich sie nicht mehr erwähnen will,
und doch wirfst Du Dich umher, als wenn Dir das Bett zu enge würde.

Also die Chaise und das Familienwappen b'ran; dann brauchen die K a l k -
b e r g s nachher die Nase nicht mehr zu rümpfen, unser Landhaus ist ebenfalls so
gut wie ihres, und wenn sie's auch das „kleine Paradies" nennen, so bin ich doch
fest überzeugt, sie haben gerade so viel Käfer drinnen als wir, und vielleicht noch
mehr.   Der Platz sieht just so aus, als ob sie dort gedeihen müßten.

Chaise und Wappen und — nicht wahr, K a u d e l c h e n, das kostet nicht viel,
fast gar Nichts, Sonntag um J o h a n n e s Hut ein Goldband zu nähen, wie?

Nein, K a u d e l — ich will keine vollständige Livree, wenigstens
jetzt noch nicht, obgleich ich gehört habe, daß K a l k b e r g s Kutscher Sonntags aussieht wie eine Stechfliege, und gerade nicht begreife, warum wir unseren J o h a n n
nicht eben so aufputzen könnten wie die.   Doch das bei Seite, ich will mit einem
Goldband und Stulpenstiefeln zufrieden sein und —

Nein, K a u d e l — ich würde n i c h t nächstens gleich Aufschläge und Tressen
wollen, gewiß nicht, aber ein Goldband auf jeden Fall.   Was?

D u w i l l s t e s n i c h t u n d i c h w ü ß t e e s?   O ja, K a u d e l, das ist so
eine von Deinen Ideen.   Du magst keine Livreen leiden, und jeder Andere wäre
froh, wenn er sie nur anschaffen könnte.   Ich sollte überhaupt denken, daß man seine
Tisch- und Betttücher und sein anderes Leinen zeichnen kann, wie man will, nicht
wahr, K a u d e l?

Nun, wenn ich mir also einen Bedienten halte, warum soll ich den denn nicht
ebenfalls zeichnen dürfen wie ich will?   Was ist da für ein Unterschied? keiner —
keiner wenigstens den ich sehen könnte.

————————

„Ich versprach ihr endlich," schreibt K a u d e l, „ein Kabriolet anzuschaffen,
Johann ging aber o h n e Goldband und Stulpenstiefel."

— — — ◆◆◆ — — —

Einunddreißigste Predigt.

**Madame Kaudel beklagt sich bitterlich, daß Kaudel ihr „Vertrauen"
gemißbraucht habe.**

Nun Kaudel, so viel sag' ich — Dir erzähl' ich Nichts wieder, darauf
kannst Du Dich verlassen. Mach' nur keinen Spektakel, ich will gar nicht, daß
Du leidenschaftlich werden sollst, so viel sag' ich Dir aber: nie im Leben erfährst
Du wieder eine Sylbe von mir. Das ist gewiß. — Nein — wenn Mann und
Frau nicht eins sein können, dann hört Alles auf. Oh, Du weißt recht gut was
ich meine, Kaudel — Du hast mein Vertrauen aber auf eine wirklich schändliche,
unverzeihliche Art und Weise mißbraucht und ich könnte Dir das noch funfzig Mal
wiederholen und immer wieder vorwerfen. Nie werd' ich mit Dir wieder auf den
alten Fuß kommen, auf dem wir bisher gestanden haben — nie, und der kleine
Zauber — es war freilich nicht viel — der bis jetzt noch das eheliche Leben um-
geben hat, ist fort — für immer fort. Ja — der Mehlthau ist heruntergewischt
von der Pflaume, ganz herunter.

Sei nur nicht noch solch ein Heuchler, Kaudel — frage mich nur nicht noch:
„was ich meine?" Madame Babekraut ist hier gewesen und zwar mehr in der
Gestalt des bösen Feindes als in der einer ordentlichen anständigen Frau und — ich
zittere noch, wenn ich daran denke — Du kennst meine Nerven — ja, Kaudel, ich
hatte Nerven, als ich Dich heirathete, und ich sollte denken, sie wären seit der Zeit
auf die Probe gestellt worden. Nun Du hast das wenigstens zu verantworten.

Die Babekraut's wollen sich scheiden lassen, sie nimmt die Mädchen und er die Knaben und das Alles blos Deinetwegen. Wie Du Deinen Kopf ruhig auf das Kissen legen und an Einschlafen denken kannst, ist mir ein Räthsel.

Was Du gethan hast? Nein, Kaubel, daß Du die Frage noch an mich zu stellen wagst, das setzt der ganzen Sache die Krone auf. Gethan? Mein Vertrauen hast Du gemißbraucht. — Meine vertrauensvolle Zärtlichkeit, mit der ich mich als Frau und Gattin zu Dir hinneigte (Thörin die ich war), hast Du be= nutzt und jetzt dadurch ein glückliches Paar für immer getrennt.

Nein, ich schwatze nicht in den Wolken, Kaubel, ich rede in Deinem Bett, und das ist gerade mein Unglück.

Ja, Kaubel, ich werde mich im Bett aufrichten wenn es mir beliebt, und ich denke gar nicht daran einzuschlafen, bis ich über die ganze Sache eine Erklärung habe, denn Madame Babekraut soll diese Ehescheidung nicht vor meine Thüre legen, so viel weiß ich. Du wirst doch nicht leugnen daß Du gestern Abend im Klub warest? Nein, Kaubel, so schlimm Du bist — (und wenn Du auch mein Mann bist, so kann ich Dich doch deßhalb nicht für einen guten Mann halten, ich versuche zwar mein Bestes es zu thun, es geht aber doch nicht) — so schlimm Du bist, so kannst Du doch nicht leugnen daß Du im Klub warest. Wie?

Du leugnest es auch nicht? Da sag' ich eben — das kannst Du auch nicht — jetzt beantworte mir also diese eine Frage: Was hast Du, vor der ganzen Welt da, über Babekraut's Backenbart gesagt?

Hier ist gar Nichts zu lachen, Kaubel, — wenn Du die arme Frau heute gesehen hättest, so müßtest Du ein kieselsteinernes Herz haben, um lachen zu können. Was hast Du von seinem Backenbart gesagt? frag' ich Dich. Hast Du nicht allen Leuten dort erzählt, er färbte ihn? Hast Du nicht das Licht an ihn gehalten um, wie Du sagtest, „den Schimmer zu zeigen?"

Ja wohl hast Du? Nun siehst Du —, aber die Leute, die in den Wirths= häusern ihre Witze reißen, kehren sich nicht daran, wenn auch die Herzen bei der Gelegenheit mit entzwei gehen. Babekraut ist wie ein Dämon nach Hause ge= kommen, hat seine Frau ein „schlechtes Weib" genannt, geschworen nie wieder mit ihr zu Bette zu gehen und, um ihr zu beweisen daß er Ernst mache, die ganze Nacht auf dem Sopha geschlafen. Er sagt, das wäre das theuerste Geheimniß seines Lebens gewesen und sie hätte es mir, und ich Dir wieder erzählt und so wäre es jetzt an das Tageslicht gekommen. Was sagst Du?

Babekraut hätte Recht? ich hätte es Dir erzählt? Das weiß ich, die arme Babekraut vertraute mir das aber neulich nur und ein paar Freundinnen an, als wir ganz vergnügt bei einer Tasse Thee zusammen saßen, und wo sie gerade zufällig darauf zu sprechen kam, wie lange ihr Mann jeden Morgen bei seinem Backenbarte säße; die gute Frau glaubte ja doch wahrhaftig nicht daß das je weiter erzählt würde. Wie?

Dann hätte ich auch kein Recht gehabt Dir etwas davon zu sagen? Also das ist der Dank für das Vertrauen das ich Dir bewiesen habe; so werde ich dafür belohnt. — — Und die arme Babekraut — trotz ihrer Heftigkeit that sie mir doch wie sie fort war leid, recht von Herzen that sie mir leid. Was sagst Du?

Es wäre ihr Recht geschehen? sie hätte den Mund halten sollen? Ja wohl — das ist die Art wie Du Deine Tyrannei immer ausüben willst; wenn es auf Dich ankäme, so brächten die armen Frauen ihre Lippen nie von einander. Was?

-- -- -- -- -- -- -- -- -- -- -- -- -- -- -- -- -- -- -- --

O ja — das ist eine sehr hübsche Rede — sehr hübsch, und die Frauen sollten sich deßhalb vielmals bei Dir bedanken; aber kein wahres Wort ist drinnen, nicht die Probe. Nein, Kaubel, wir Frauen kommen nicht zusammen um an unseren Männern kein gutes Haar zu lassen, wie kleine Kinder, die ihre Puppen aufschneiden und ausnehmen. Das sind Deine alten Redensarten, ich weiß aber daß Du gerade der letzte sein solltest, der so etwas von seiner Frau dächte. Natürlich hör' ich viel von anderen Männern, ich kann mir aber doch die Ohren nicht zuhalten, wenn ich's auch manchmal gern thäte; nie sag' ich jedoch ein einziges Wort von Dir — nie im Leben; und wer hätte wohl die meiste Ursache dazu? Nun, Du wirst es wohl gut genug wissen, denn jemand Anderes weiß es ebenfalls. Da sitze ich aber, still wie das Grab und sage kein Wort; nur in der Brust trag' ich's, Kaubel, auf dem Herzen liegt es mir schwer, sehr schwer, da soll es jedoch auch mit mir begraben werden. Heraus kommt es nicht.

Ich weiß übrigens was Du von den Frauen denkst. Ich horchte einmal zu, wie Du Dich mit dem Mosje Betsenberger unterhieltest und keine Ahnung hattest, ich hörte jedes Wort was Du sprachst — wenn Du auch damals nicht mehr viel von Dir selber wußtest. „Lieber Betsenberger," sagtest Du, „wenn ein paar Frauen mit einander an zu plaudern und schwatzen fangen, so klatschen sie alle Fehler ihrer Eheherrn" — schöner Herr der Du bist — „alle Fehler in einen großen Klumpen zusammen, wie es die Kinder mit ihren Kuchen und Aepfeln machen, um ein ordentliches Fest davon zu feiern" — eh?

Du erinnerst Dich nicht mehr daran? aber ich besto genauer, ich habe auch nicht vergessen wie viel Brandy noch in der Flasche war, als Betsenberger endlich fortging. Es wäre in der That merkwürdig wenn Du Dich noch auf etwas besinnen könntest, was an dem Abend passirt ist.

Und jetzt haft Du Mann und Frau von einander getrennt und ich soll die Schuld tragen. Du haft nicht allein Unfrieden und Zwietracht in ein stilles Haus gesäet, nein, auch mein Vertrauen als Dein Dir angetrautes Weib schändlich gemißbraucht und mir den Beweis geliefert, daß ich mich in Zukunft in Nichts mehr auf Dich verlassen kann. — Ja, Kaudel, Alles was ich weiß muß ich von jetzt an in der eigenen Brust verschließen, denn ich kenne keinen Menschen auf der Welt weiter, dem ich mein Herz so öffnen könnte. Ich habe mich von nun an als ein einsames, alleinstehendes Wesen zu betrachten.

Nein, Kaudel, versuche nur nicht einzuschlafen, das hilft Dir nichts. Das weißt Du? desto besser, so will ich nur noch diese eine Frage an Dich thun.

Was? Du haft auch eine Frage an mich zu richten? Ganz recht, Kaudel, — frage nur, ich brauche keine Angst zu haben katechifirt zu werden; nie habe ich eine Sylbe von irgend etwas fallen lassen, das ich als Frau hätte geheim halten sollen. Nie! Was?

Ich soll nicht vergessen was ich gesagt habe? nein, Kaudel, komm nur gerade heraus mit dem, was Du mich fragen willst.

Nein, Kaudel, Du sollst mich nicht schonen — sprich gerade heraus. Was haft Du?

Wer den Leuten gesagt hätte baß Du einen falschen Vorderzahn im Munde trügeft? und das ist Alles? nun Gott sei uns gnädig — als ob das nicht alle Welt sehen könnte. Ich weiß wohl baß ich es nur einmal, auch bei Babekraut's, erwähnt habe, übrigens glaubte ich damals, jedermann wisse das ohnebies, und dann, Kaudel, wurde ich auch noch bazu gereizt; ja, Kaudel, ordentlich mit Gewalt und Bosheit bazu getrieben. Es war an demselben Tag bei Babekraut's wie von den Backenbärten der Männer gesprochen wurde. Als wir mit benen fertig waren, sagte jemand etwas über Zähne, worauf denn Mamsell Betsenberger — ein Geschöpf das nur bazu auf der Welt zu sein scheint ben Frieden von Familien zu untergraben, und bie auch ba war; und hätte ich das nur vorher gewußt, so wäre ich gar nicht hingegangen. — — Nein, Kaudel, ich schweife nicht ab und komme gleich auf ben Zahn. Das ist also das ganze Entsetzliche, was Du gegen mich haft; allerdings etwas Fürchterliches. — Nun also, Jemand sprach von Zähnen und Mamsell Betsenberger fing an mit einem ihrer verlockenden Lächeln — Feizen wäre besser gesagt — von Dir zu reden und meinte, „Herrn Kaudels Zähne wären bie weißeften, bie fie noch in ihrem ganzen Leben gesehen hätte." Natürlich kochte mir babei das Blut, denn das konnte keine Frau ruhig hinnehmen und ich kann ba gesagt haben: „Ja, fie find recht gut; wenn aber ein junges Mädchen bie Zähne eines verheiratheten Mannes rühmt, so weiß fie viel-

leicht nicht daß einer derselben von einem Elephanten ist." So eine Unverschämtheit. Die Mamsell hatte übrigens genug für den Abend.

Ich sehe jedoch in welcher Laune Du heute Nacht bist, Kaudel. Du hast
Dich bloß zu Bett gelegt um zu streiten und kannst Dich darauf verlassen daß ich
die letzte bin, die Dir hierin Deinen Willen thut. Soviel weiß ich aber, daß Du,
nach dem schrecklichen Unheil was Du bei Babekraut's angerichtet hast, mein
Vertrauen nicht wieder mißbrauchst; nein Kaudel, im Leben nicht.

———————

Kaudel schreibt noch: „Sie schien nach diesen Worten geneigt einzuschlafen,
und ich hütete mich daher wohl, einen so guten Vorsatz zu stören."

Zweiunddreißigste Predigt.

~~~~~~~~

Madame Kaudel spricht sich über Hausmädchen und Mädchen im Allgemeinen aus, und erwähnt dabei Kaudels schändliches Betragen (vor zehn Jahren).

Habe nur keine Angst, Kaudel, kein Wort gedenke ich heute Abend weiter zu sagen, denn ich bin müde, und will, wenn es möglich ist, schlafen. Nach dem, was ich an diesem Tage auszustehen gehabt, und mit meinem Kopfschmerz dazu, vergeht Einem wohl das Sprechen ohnedies.

Ob ich nicht schon wieder mein Fläschchen mit dem Riechsalz drinnen auf dem Kaminsims habe stehen lassen — Auf dem Kaminsims drinnen, gleich wenn Du in's Zimmer kommst rechts, auf der ersten Ecke — man kann gar nicht fehlen; — in einem kleinen grünen Fläschchen ist's — gleich vorne an. — Ja da liegst Du wie ein Felsblock und rührst Dich nicht; ich könnte hier zehnmal verderben und zu Grunde gehen, ehe Du Dich bewegtest. — Oh mein armer Kopf; aber der könnte bersten und wieder zusammen heilen, was kümmerte das Dich.

Ja wohl, das ist Dein Mitgefühl für mich. Ich verlange das Riechsalz und Du sagst, es wäre Nichts besser für Kopfschmerzen als Ruhe; ich gedenke aber nicht ruhig zu sein, das brauchst Du nicht zu hoffen. Und machst Du es nicht jedesmal so mit Deiner armen Frau, o ich kenne Dich schon — ja ich kenne Dich, Kaudel. Du glaubst auch, ich soll wegen dem Ding, der Käthe, ruhig sein, wegen Deinem Liebling; aber ich will doch einmal sehen, ob ich nicht meine eigenen Dienstboten

fortschicken kann, wann es mir gefällt. Und müßte ich alle Arbeit allein thun, die
soll wenigstens nicht länger unter einem Dache mit mir hausen.

Ich kann's ihr ordentlich an den Augen ansehen, wie sie mit jedem Tage
stolzer wird; o ja, Kaubel — ich sehe sehr viel, wenn ich auch nichts davon er-
wähne, aber die Augen kann ich nicht zumachen, die muß ich wenigstens offen
behalten. Freilich, für meinen Seelenfrieden wär's vielleicht besser gewesen, wenn
ich blind wäre, aber — Nein, Kaubel — sage das nicht — sage nicht, ich wäre
eine alberne Frau — Du glaubst wohl, ich hätte die Rebecca vergessen?

Ich weiß daß es zehn Jahre sind, seit sie bei uns diente, was hat das aber
hiermit zu thun? So etwas ist nicht weniger wahr, weil es alt ist, nein — wahrhaftig nicht; und Dein damaliges Betragen, Kaubel, vergesse ich nicht, und wenn
es hundert Jahre her wäre. Was?

Dann würde ich immer eine Thörin bleiben? das hoffe ich auch,
Kaubel, das hoffe ich wirklich; meine Augen gedenke ich in meinem eigenen
Hause offen zu behalten, so lange ich lebe. — Denke nur nicht daran jetzt einzuschlafen; da Du die Rebecca wieder auf's Tapet gebracht hast, sollst Du mich
auch jetzt aushören. Ich wundere mich nur, daß Du ihren Namen noch zu nennen
wagst —

Du hast ihn nicht genannt? Das bleibt sich ganz gleich, denn ich weiß
leider gut genug was Du denkst — wenn Du auch nicht sprichst. Du behauptest
übrigens wohl noch immer, Du hättest ihr damals nicht zugetrunken?

Nie im Leben? Ja — das hast Du mich stets versichert, zehn lange
Jahre habe ich aber darüber nachgedacht und gegrübelt und mit jedem Tage bin
ich fester davon überzeugt worden, daß es wahr ist — Und zu der nämlichen Zeit
— sei nur so gut und erinnere Dich einmal daran — wurde unser kleiner Jacob
noch getragen. Ich hätte mir wirklich aus der ganzen Sache nicht so viel gemacht,
wenn Du nicht dieser Kreatur in einer Zeit zugetrunken hättest, wo unser Kind kaum
aus den Windeln war.

Nein, Kaubel — ich bin nicht toll — ich träume auch nicht; ich habe Dich
aber auf der That dabei ertappt und die schändliche Heuchelei, die falsche, treulose
List, mit der Du es thatest, die macht die Sache in meinen Augen erst so schlimm,
so unverzeihlich. Ich hatte Dich im Auge wie das Geschöpf hinter meinem Stuhle
stand und Du Dein Glas zu mir aufhobst und „Margareth" sagtest; nachher
sahst Du in die Höhe und nicktest „Deine Gesundheit", um mich glauben zu machen,
Du hättest blos mit mir gesprochen; aber ich merkte wie Du zu dem frechen Ding
hinaufblinztest und sie anlachtest — und das hinter meinem eigenen Rücken; während
unser Jacob noch nicht einmal seine Füßchen gebrauchen konnte.

Der Himmel möge mir verzeihen? Nein, Kaubel, Dir solltest

Du das wünschen, ich bin sicher genug, ich wahrhaftig — aber für Dich solltest Du den Himmel anflehen. Das ist auch wieder nicht wahr. Ich würde keinem Heiligen Böses nachreden, Kaudel, und ich habe auch dem Mädchen keinen schlechten Namen wegen gar Nichts gemacht — das ist Beides falsch. O ja — ich weiß wohl, daß sie mich damals wegen dem was ich gesagt hatte, verklagte, und Du Strafe für „meine Zunge", wie Du es nanntest, bezahlen mußtest, ich erinnere mich noch recht gut daran, das geschah Dir aber ganz recht — ganz recht, Kaudel. Hättest Du sie nicht angelacht, und ihr nicht zugetrunken, so wäre das Alles nicht vorgefallen, giebst Du Dich aber mit solchem Volke ab, so mußt Du auch darunter leiden. Du hättest Dich nicht beklagen dürfen, und wenn die Advokatenrechnung noch einmal so groß gewesen wäre. — Ehrenerklärung — als ob die noch eine Ehre zum Erklären gehabt hätte — Ehrenerklärung.

Und jetzt, Kaudel, bist Du noch ganz derselbe Mann wie vor zehn Jahren. Was? und das hoffst Du auch noch?

Schämen solltest Du Dich; in Deinem Alter, und mit den herangewachsenen Kindern um Dich her.

Wovon ich rede? Ich weiß wohl wovon ich rede, und Du müßtest es ebenfalls wissen, wenn Du nur eine Idee von Herz in der Brust trügest, was Dir aber gänzlich fehlt. — Wie ich heute sagte, ich wollte die Käthe fortschicken, meintest Du, sie wäre ein ganz guter Dienstbote und ich würde nicht leicht einen besseren finden; ich weiß auch wohl warum Du Käthen für gut hältst; weil Du glaubst, sie wäre hübsch, was übrigens gar nicht der Fall ist, aber das genügt Dir. Mädchen übrigens, die für ihr Brod arbeiten, sollten gar nicht hübsch sein — Schöne Dienst= boten — ja weiter fehlte mir gar nichts — Dinger, die mit ihren Gesichtern herum= gehen, als ob sie ein Hauch verderben könnte. Und leider weiß ich, was für ein schlechter Mann Du bist. Du brauchst nicht zu leugnen, das hilft Dir Nichts, denn ich habe es neulich mit meinen eigenen Ohren gehört, wie Du zu Betsenberger sagtest, Du könntest häßliche Dienstboten nicht ausstehen. Ich frage Dich, Kaudel, hast Du das gesagt, oder hast Du es nicht gesagt?

Es ist möglich? Und Du wirst nicht roth bei einem solchen Geständniß? Kaudel, Deine Grundsätze sind schrecklich genug das Blut einer armen Frau in Eis zu verwandeln.

O ja; das hast Du schon oft gesagt, und es gab einmal eine Zeit, wo ich Dir vielleicht geglaubt hätte, jetzt kenn' ich Dich aber besser. Du magst hübsche Dienst= boten gerade so gern leiden, wie hübsche Statüen und hübsche Gemälde und hübsche Blumen, oder sonst etwas Anderes aus der Natur — bloß nur, wie Du sagst, daß sich die Augen daran weiden können. O ja, ich kenne Deine Augen, ich weiß was sie vor zehn Jahren gethan haben, wie der kleine Jacob noch nicht einmal laufen

konnte. — Und wenn es vor tauſend Jahren geweſen wäre, Kaubel, das iſt
einerlei, in meinem Gedächtniſſe bleibt es ſo friſch als wie von geſtern, und ich will
nie davon zu reden aufhören.

Du glaubſt es, denn Du kennſt mich? nun warum fragſt Du alſo
noch? — Und die Käthe ſollte ich im Hauſe behalten, wo ich nicht genug Porzellan
und Steingut für ſie anſchaffen kann? Das Mädchen zerbricht Alles was ihr unter
die Hände kommt und — Kaubel — es iſt ſchlimm genug, daß ich, Deine Frau,
das ſagen muß — aber ſie bräche auch mein Herz, wenn ich die Augen nicht offen
behielte. Was iſt aber ein ganzes Tafelſervis von blauem Porzellan gegen ihre
ſchönen blauen Augen — Ja, Kaubel, ich weiß, das ſind Deine Gedanken, wenn
Du ſie auch nicht laut werden läßt.

Oh Du brauchſt nicht da zu liegen und zu ſtöhnen, denn glaube nur ja nicht,
daß ich Rebecca je im Leben vergeſſe. Ja wohl — jetzt kannſt Du Rebecca
verwünſchen, aber damals haſt Du ſie nicht verwünſcht, Kaubel, nein, damals
wahrhaftig nicht — oh, ich weiß es wohl.

„Margareth — Deine Geſundheit!“ — wie Du nur noch den Muth
haben kannſt, mir in's Geſicht zu ſehen. —

Du ſiehſt mir nicht in's Geſicht? Um ſo mehr Schande dann für
Dich. Das ſage ich Dir aber, entweder verläßt Käthe das Haus, oder ich gehe
— wer ſoll es ſein, Kaubel, wie?

Es iſt Dir einerlei? Deinetwegen alle Beide? Das glaub'
ich, Kaubel, aber nein, ſo wirſt Du mich nicht los; doch das Geſchöpf — O
Du magſt toben und fluchen ſo viel Du willſt.

Du haſt nicht im Sinne noch ein Wort zu ſagen? Sehr gut
das, überhaupt gilt das auch Nichts, was Du ſagſt; aber ihr Vierteljahr iſt am
nächſten Dienſtag um, und dann ſoll ſie fort. Ein Suppenteller und eine Schüſſel
ging heute in Stücken. Ein Suppenteller und eine Schüſſel — und den Kopfſchmerz
den ich dabei habe; die Hirnſchale möchte mir platzen; ich werde aber auch in dieſer
Welt nie wieder geſund werden. — Ein Suppenteller und eine Schüſſel —

———————

„Sie ſchlief ein,“ ſagt Kaubel, „die arme Käthe mußte aber am nächſten
Dienſtag wirklich fort.“

———————

Dreiunddreißigste Predigt.

Madame Kaudel hat zufällig entdeckt, daß Kaudel Direktor einer Eisenbahn ist.

Wie ich die Zeitung heute in die Hand nahm, Kaudel, glaubt' ich, der Schlag rührte mich.

Laß mir nur um Gotteswillen wenigstens heut' Abend Deine Verstellung; Du weißt „was los ist". Wenn Du einmal kein Bett mehr hast in dem Du schlafen kannst, und auf Kohlensäcken liegen mußt — dort, Kaudel, magst Du übrigens alleine schlafen — dann wirst Du wohl wissen, was „los ist". Aber ich will es Dir auch noch sagen: Ich habe Deinen Namen gesehen, Kaudel, leugne es nur nicht mehr — die Aalpasteten-Insel-Bahn und Balthasar Kaudel's Namen mit unter den Direktoren — aber —

Nein, ich will nicht ruhig sein, ich will sprechen. Der Himmel weiß es, selten genug thu ich den Mund auf, wenn ich aber solche Sachen sehe, dann darf ich nicht mehr schweigen.

Was ich sehe? Das will ich Dir sagen, Kaudel, dort unten am Fuße des Bettes sehe ich alle unsere lieben unglücklichen Kinder in Lumpen stehen — seh' ich Dich im Gefängniß und mich auf dem Stroh. — Jetzt weiß ich auch weshalb Du in Deinem Schlaf von breiten und schmalen Schienen gesprochen hast — jetzt weiß ich es, aber denkst Du auch an den „schmalen und breiten Weg", Kaudel?

17*

denkst Du auch wohl noch manchmal an den? Nein, Du bist ein richtiger Heide geworden, Du hast für weiter Nichts mehr Sinn als für Geld.

Ob ich nicht auch gern Geld hätte? Gewiß — aber nur dann, wenn ich es sicher habe, nicht wenn ich erst Alles dafür auf's Spiel setzen muß. O ja, rede nur von Vermögen die im Handumdrehen erworben sind, das ist gerade wie mit den Hemden die im Handumdrehen genäht werden, aber wie lange halten sie. Nun ist es auch heraus, weshalb Du weder mehr essen, trinken noch schlafen kannst — Dein Kopf ist in lauter Eisenbahnen abgetheilt, denn Du wirst mich nicht glauben machen, daß die Aalpasteten-Insel-Bahn die einzige wäre, in die Du Deine Finger hineingesteckt hättest. Nein, wahrhaftig nicht, das kann ich Dir an den Augen an= sehen. Was wird aber die Folge sein? in ganz kurzer Zeit hast Du gerade soviel Linien und Furchen im Gesicht, wie jetzt auf der Karte — paß auf, ob ich nicht Recht habe. Vor sechs Monaten hattest Du noch keine einzige Runzel, Deine Backen waren so glatt wie Porzellan — jetzt sieh Dich einmal in einem Spiegel, ob Du nicht aussiehst wie die Landkarte von England. — Und so etwas noch in Deinem Alter anzufangen, Du, der immer bei jeder Sache langsam und sicher gingst, Dein Geld jetzt in solch' entsetzlicher Weise auf schwarz oder roth zu setzen, das ist schauerlich.

Des Mäkler's Hund in Flam=Cottage muß Dich gebissen haben und jetzt bist Du speculationstoll geworden, kannst nicht einmal mehr auf Dein eigenes Hab' und Gut Acht geben, und ich würde nur wie eine brave rechtschaffene Frau handeln, wenn ich die Doktoren hereinriefe und Dich wie einen Wahnsinnigen behandeln ließe. Auf Ruhe und Zufriedenheit muß ich von jetzt an auch für meine ganze künftige Lebenszeit verzichten. Es wird nicht ein einziges Mal an die Thür klopfen ohne daß ich glaube, es wäre der Mann der das Haus gekauft hätte und nun Besitz von seinem Eigenthum nehmen wollte. O ich kann sie ordentlich im Geiste sehen, wie sie hier alle unsre hübschen Kleinigkeiten, die uns so an's Herz gewachsen sind, ausbieten und losschlagen.

Ich möchte nur wissen was jetzt auf einmal in die Welt gefahren ist. Jeder will seine Pfennige in Doppellouisd'ore verwandeln und den Nachbar um das Uebrige betrügen; und mit Dir ist es nicht besser, Kaudel — Du machst keines= wegs eine Ausnahme. Oh, ich habe Dich beobachtet, wenn Du mich manchmal fest eingeschlafen glaubtest und dann dalagst und wispertest und flüstertest und Dich schütteltest und die Bettpfosten angrinstest, als ob sie von reinem Golde wären. Ich glaube wahrhaftig, Kaudel, Du hältst die Steppdecke hier manchmal für lauter zusammengesetzte Banknoten.

Jetzt wirst Du auch wohl Tag und Nacht nicht mehr nach Hause kommen und da draußen auf der Aalpasteten=Insel leben und schlafen, so daß ich hier weiter keine Gesellschaft habe, als meine trüben, quälenden Gedanken. Ich kann mich aber plagen und quälen und Pfennige sparen, während Du das Geld scheffelweise aus dem Fenster wirfst. Und was Du jetzt überhaupt für einen kostbaren und theuren Geschmack bekommst, es ist Dir gar nichts mehr gut genug. Du mußt Dich wahrhaftig manchmal für den König Salomo halten. Das kommt aber von dem leichten Geldverdienen — wenn Du überhaupt welches verdient hast — ohne es doch eigentlich wirklich v e r d i e n t zu haben.

Nein, K a u d e l, ich rede keinen Unsinn; und das weißt Du auch recht gut, Du brichst nur die Gelegenheiten ordentlich vom Zaun, wenn Du mich beleidigen kannst. Wo das Geld aber so in Massen einkommt, ohne daß man brav und ehrlich dafür gearbeitet hat, da ist's gerade so, als ob man eine Menge Spiritus in sich hineingösse — der steigt in den Kopf und man weiß nicht mehr, was man thut. Siehst Du, K a u d e l, Dir ist es gerade so gegangen, das weiß ich gewiß, man sieht Dir's auch ordentlich an. Es giebt einen Rausch der Tasche wie einen Rausch des Magens, und Du hast in diesem Augenblick den ersten.

Nein, K a u d e l, ich bin kein p o e t i s c h e s H e r z c h e n, ich weiß recht gut, was ich bin, aber, wie gesagt, ich würde mich noch darüber hinwegsetzen, wenn Du wirklich Geld dabei verdient hättest und Dich nun mit der Aalpasteten-Bahn begnügen wolltest, aber ich weiß, wie es bei solchen Speculationen geht. Es ist wie der Syrup bei den Fliegen, wer einmal d'rin ist kann nicht wieder herauskommen, und wenn er sich wirklich losreißt, so läßt er Beine und Flügel d'rin zurück. Nein — hast Du wirklich Geld bei der Aalpasteten-Insel-Bahn verdient und willst Du es mir geben um es für unsere lieben Kinder anzulegen, gut, K a u d e l c h e n, dann will ich auch kein Wort darüber sagen. Was?

U n s i n n? Ja wohl — Unsinn — ich darf nur Geld haben wollen, dann ist das sicher das Wort, das ich zu hören bekomme. Und jetzt möcht' ich nur sehen ob Du's bei der einen Eisenbahn bewenden ließest — o Gott bewahre, kein Gedanke d'ran; ich müßte Dich nicht kennen, und wenn Du's nur mir zum Trotze thun solltest. In ein oder zwei Tagen wird also wohl so ein zweiter Posaunenstoß in den Zeitungen stehen, vielleicht ein Vorschlag zu einer Zweigbahn von der Aalpasteten-Insel aus nach Gott weiß wohin. Man gebe Euch Männern nur e i n e Meile Schienen und Ihr nehmt hundert. — Und gezittert habe ich ordentlich wie ich das Zeug in den Zeitungen las, und dann noch Deinen Namen d'runter. Daran ist aber wieder der B e t s e n b e r g e r Schuld — kein Anderer — sein werther Name muß ja, natürlich, auch mit dabei sein. Und was habt Ihr den Leuten für Geschichten vorgefabelt, was sie Euch Alles glauben sollen? Ich habe die Worte auswendig gelernt, blos um sie Dir wieder vorhalten zu können; da stand: daß Aalpasteten jetzt ein Lebensbedürfniß der civilisirten Welt geworden wären, und daß, da die östliche Bevölkerung Londons von diesen Segnungen der Cultur abgeschnitten sei, die Aalpasteten durch diese Bahn in das Herz der Ratcliffe-Straße und durch diese in alle mit ihr in Verbindung stehenden Plätze geschafft werden sollten.

Wenn Ihr Männer — Ihr Herren der Schöpfung wie Ihr Euch nennt — einmal zusammenkommt und eine Gesellschaft über etwas Derartiges etablirt, giebt's dann noch ein Märchenbuch auf der Welt, was Euch in Euren Ankündigungen und Versprechungen die Waage hielte? Nein; feierlich und ehrbar seht Ihr einander in's Gesicht — verzieht keine Miene dabei, muckset nicht — und stehlt Euch einander das Geld aus den Taschen.

Nein, K a u b e l, ich gebrauche keine h a r t e n Worte, nur die, die Ihr verdient habt. Was Du aber auch verdienst, ich bin die Letzte die Nutzen davon hat; m i r hast Du noch nie eine von Deinen Aalpasteten-Aktien angeboten. Was sagst Du? —

Du willst mir welche geben? Nein, K a u b e l, ich danke Dir vielmals, ich will nichts mit solchen sündhaften Gelderwerben zu thun haben. Ja, wenn Du mir wie mancher andere Mann eine ordentliche Summe Geldes in den Schooß würfst — Was?

Du willst Dir's überlegen? wenn die Aalpasteten-Aktien steigen? Aha — dann weiß ich auch was sie werth sind — keinen rothen Pfennig.

———————

„Sie schwieg plötzlich still," schreibt K a u b e l, „und ich fing schon an einzuschlafen, als sie mich plötzlich wieder mit dem Ellenbogen in die Seite stieß und sagte: Kaubel, glaubst Du wohl, daß sie morgen steigen werden?"

———————

Vierunddreißigste Predigt.

Madame Kaudel vermuthet, daß Kaudel sein Testament gemacht habe, und wünscht „als Frau" natürlich zu wissen was darin steht.

Ja, Kaudel, ich habe immer gesagt, Du hättest Charakterfestigkeit genug, wenn Du nur wolltest, und was Du jetzt gethan hast, beweist, wie Recht ich gehabt. Manche Leute scheuen sich ein Testament zu machen, weil sie so albern sind und glauben, sie müßten gleich hinterher sterben; aber nein, da hast Du vernünftigere Ansichten, nicht wahr, Kaudelchen?

Oh Unsinn, Kaudel, Du weißt recht gut was ich meine. Du hast Dein Testament gemacht; — Kratzer hat es mir selber gesagt.

Das glaubst Du nicht? Höre, Kaudel, ist das auch recht von einem Manne, seiner Frau so etwas zu sagen? Ich weiß wohl, daß er zu sehr Geschäfts= mann ist um viel zu reden, aber es giebt auch noch eine andere Art etwas zu ver= stehen, Kaudel, es muß nicht immer gerade in Worten sein, denn als ich ihm die Frage vorlegte, so hatte er doch, Advokat wie er ist, nicht das Herz es zu leugnen. Natürlich kann es mir sehr gleichgültig sein, ob Dein Testament gemacht ist oder nicht; ich werde dann nicht mehr leben, Kaudel, um noch etwas für mich selbst zu bedürfen. Ich werde versorgt sein — lange vorher versorgt sein, ehe Dein letzter Wille in Kraft treten kann. Nein, Kaudel, ich überlebe Dich nicht und — doch es ist thöricht von einer Frau, den Mann ahnen zu lassen wie sie an ihm hängt; denn er zieht nachher gewöhnlich seinen Vortheil daraus — mag es aber unrecht

und schwach von mir sein so etwas zu gestehen, so möchte ich Dich gar nicht über-
leben, Kaubel — wie wäre das auch möglich. —

Nein, Kaubel; sage das nicht, ich werde mein hundertstes Jahr nie sehen,
ich nicht — auch nicht Dich zu Grabe geleiten und noch einen Mann — Gott was
für eine Idee, Kaubel, — wie kannst Du nur denken, daß es mir einfallen würde
wieder zu heirathen. Nein — niemals. Was?

Das sagten wir Alle? Nein, Kaubel, gerade das Gegentheil.
Mir ist schon der Gedanke an so etwas schrecklich, und zwar von jeher gewesen.
Ja, ich weiß wohl, daß Manche wieder heirathen, doch was die für Herzen haben,
begreif' ich nicht.

Es giebt aber Männer, die ihr Vermögen auf eine solche Art hinterlassen,
daß ihre Wittwen, um es behalten zu können, auch Wittwen bleiben müssen. Wenn
es irgend etwas auf der Welt giebt was mir kleinlich und schmutzig vorkommt, so ist
es das. Denkst Du nicht auch so, Kaubel? Warum antwortest Du mir denn gar
nicht, Balthasar? Sieh, so bist Du aber; so bald ich mich einmal ein Viertel-
stündchen vernünftig mit Dir unterhalten will, bist Du müde, Du warst niemals
wie andere Männer.

Woher ich das weiß? Siehst Du, jetzt machst Du es wieder ganz auf
Deine alte Art, ich darf die Lippen nicht von einander bringen, so versuchst Du
schon mich abzutrumpfen. Das bin ich überzeugt, wenn es nur Mamsell Betsenberger wäre, die Dich um Etwas fragte, der würdest Du schon gehörig antworten
können. — Da fängst Du wahrhaftig schon wieder an. Es ist doch sonderbar, daß
ich den Namen dieser Person auch nicht einmal auf die unschuldigste Art nennen
darf, ohne —

Warum ich sie nicht zufrieden lasse? O von Herzen gern,
Kaubel, von Herzen gern werde ich sie zufrieden lassen. Wer möchte auch von
ihr reden, ich gewiß nicht; Du bringst aber regelmäßig etwas vor, daß sie zuletzt
genannt werden muß.

Wovon sprach ich doch vorhin, Kaubel? ach ja, davon, wie manche Männer
ihre Wittwen noch nach dem Tode kränken. Nein — meiner Ansicht nach giebt es
Nichts auf der ganzen Welt, was sich an Schmutz und Gemeinheit mit einer solchen
Klausel vergleichen könnte. Wenn ein Mann seiner Frau das was er ihr hinterlassen hat, noch nach seinem Tode entzieht, sobald sie wieder heirathet, und es ihr
also solcher Gestalt auf wahre tyrannische Weise verbietet, so ist das grausam, oder
mehr als grausam, es ist niederträchtig; ja und kommt mir fast so vor, als ob er
seine Frau mit ins Grab nähme. Wie?

Du wirst das nie thun? Nein, Kaubel, das weiß ich wohl; Du

bist kein solcher Mann der eine arme Frau auf solche gemeine Art, selbst noch nach dem Tode von sich abhängig macht. Ein Mann der so etwas zu thun im Stande wäre, der ließe seine Wittwe eben so gut hinter sich her verbrennen, wie es jene Ungethüme, die sich auch Menschen nennen, in Indien machen. Doch kann es mir ja gleichgültig sein wie und auf welche Art Du Dein Testament gemacht hast, Kaubel; anders wird es mit Deiner zweiten Frau werden. Was sagst Du?

Ich werde Dir nie Gelegenheit geben? O Du kennst meine Constitution nicht; nein, Kaubel, ich bin nicht die Frau mehr, die ich war. Ich sage nichts — das ist wahr — aber Du weißt nicht wie mir's manchmal zu Muthe ist, und was ich fühle. Da wir aber doch einmal davon reden, lieber Kaubel, so habe ich diese eine Bitte an Dich — wenn Du wieder heirathest —

Du heirathest in Deinem ganzen Leben nicht wieder? o sage das nicht, Kaubel, — nach den Freuden und Bequemlichkeiten die Du in der Ehe kennen gelernt hast — was seufzest Du denn so tief auf, Balthasar? nach den Freuden und Bequemlichkeiten, mußt Du sicherlich wieder heirathen.

O, Kaubel, mache Dich nicht auf solche leichtsinnige Art meineidig — den Schwur mußt Du ja brechen, das weiß ich, denn ich kenne Dich besser als Du Dich selbst kennst. — Nein, sieh' Kaubel, Alles, was ich von Dir erbitten möchte, ist nur zu Deinem eigenen Besten, da es mir doch später ganz einerlei sein kann. Alles aber, um was ich Dich bitten wollte, ist — heirathe jede, nur nicht diese Mamsell Betsen — Gut — Gut — ich will ja kein Wort weiter sagen, Alles aber um was ich Dich bitte, thue das nicht. Nach dem, wie Du gewohnt bist zu leben, und nach den Bequemlichkeiten die Du genossen hast, wäre sie keine Frau für Dich.

Natürlich kann ich weiter kein Interesse mehr in der Sache haben, denn meinetwegen könntest Du, wenn ich einmal todt bin, die Königin von England heirathen; ich trage aber nur um Deinen Seelenfrieden Sorge, Kaubel, nur um Deinen Seelenfrieden. Uebrigens will ich hier gar Nichts gegen sie sagen, Kaubel, nicht das Mindeste; sie hat zwar so etwas Flüchtiges, Leichtsinniges in ihrem Benehmen — nun das arme Ding meint's vielleicht nicht so böse, wir wollen es wenigstens hoffen und es kann immer sein, daß es, wie man sagt, so ihre Art ist, aber dennoch ist sie nun einmal so, und nach den Bequemlichkeiten die Du zu meinen Lebzeiten genossen hast, Kaubel, wäre sie nicht die Frau für Dich — Du würdest unglücklich mit ihr werden.

Nein, Kaubel, das brauch' ich Dir auch gar·nicht mehr zu sagen — wenn es irgend etwas auf der Welt giebt, dessen ich mich rühmen kann, so ist es meine Art mich zu benehmen, der ich mein ganzes Leben hindurch treu geblieben bin und obgleich ich weiß, daß von besonders eigenen Frauen selten so viel gehalten wird als von denen, die Alles lieber auf die leichte Schulter nehmen, so wäre es doch gar Nichts tugendhaft zu sein, wenn —

Nein, Kaudel, ich will nicht über Tugend predigen, ich thue das nie — in der That nicht. Du hast auch höchst Unrecht, wenn Du sagst, ich ginge mit meiner Tugend herum wie ein Kind mit seiner Trommel, das so viel Spektakel damit vollführt wie möglich. Ich kenne aber Deine Grundsätze. Es wird mir unvergeßlich sein, was ich Dich einst zu Betsenberger sagen hörte und ich lasse es keineswegs als Entschuldigung gelten, daß Du damals Wein getrunken hattest und nicht wußtest von was Du sprachst. Der Wein bringt die Sünden und Fehler der Männer zu Tage, wie das Feuer Fettflecken.

Was Du gesagt hast? „Tugend wäre etwas sehr Schönes bei Frauen, wenn sie nicht zu viel Spektakel damit machten; es lebten aber Frauen, die glaubten, die Tugend sei ihnen gegeben wie den Katzen die Krallen" — ja, Katzen hast Du gesagt — „um Nichts damit zu thun als zu kratzen".

Du weißt keine Sylbe mehr davon? Das glaub' ich Dir; denn wenn Du in dem erschrecklichen Zustand bist, weißt Du überhaupt nie mehr was Du thust oder sprichst; es ist nur ein Glück daß ich es thue.

Wir wollen aber nicht mehr davon reden, Balthasar, es ist Alles vorüber und ich glaube jetzt fast selbst, daß Du es damals nicht so böse gemeint hast. Darüber bin ich nur froh, wie Du in der Hinsicht mit mir übereinstimmst, den Mann für verächtlich zu halten, der seine Wittwe zwingt nicht wieder zu heirathen. Es macht mich glücklich, daß Du so viel Vertrauen in mich setzest mir das zu sagen. — Was?

Du hättest es nicht gesagt? Aber, Kaudel; es ist doch gerade so gut, als ob Du's gesagt hättest. — Nein, wenn ein Mann sein ganzes Vermögen seiner Frau hinterläßt, ohne ihr dabei die Hände zu binden, so beweist er klar und deutlich vor aller Welt, welches Vertrauen er in ihre Liebe gesetzt hat. Er sagt den Leuten mit deutlichen Worten: „seht — solch eine Frau ist sie mir gewesen und ich weiß wie sie mich nach meinem Tode beweinen wird". Dann natürlich fällt ihr eine zweite Heirath gar nicht ein. Wenn sie aber das Geld nur behalten darf, so lange sie Wittwe bleibt, sieh' Kaudel, dann wird sie ordentlich dazu gereizt und aufgehetzt, einen zweiten Mann zu nehmen.

Ich bin fest überzeugt, manche arme Frau ist auf diese Art nur allein aus Trotz wieder in den Ehestand hineingetrieben, was ihr sonst gar nicht in den Kopf gekommen wäre, wenn ihres Mannes Testament sie nicht dazu aufgestachelt hätte. Das liegt aber nun einmal in unserer Natur; ja ich glaube, Kaudel, wenn ich denken könnte, Du wärest zu so etwas fähig, und wenn es mein Herz bräche, ich heirathete augenblicklich wieder, nur um Dir zu beweisen, was ich für einen Charakter habe.

Freilich ist es lächerlich darüber jetzt zu reden, denn ich werde lange vor Dir heimgegangen sein, aber merke Dir was ich sage, und treibe mich mit solchem Testament nicht bis zum Aeußersten, oder ich thäte es, so wahr ich Deine Frau bin und hier im Bette liege, ich thäte es.

––––––––––

„Ich widersprach ihr nicht," schreibt Kaudel, „sondern ließ sie mit der Betheuerung einschlafen."

–––––– •–• ––––––

Fünfunddreißigste Predigt.

Madame Kaudel hat gehört, Kaudel habe angefangen Billard zu spielen.

Du kamst aber heute sehr spät nach Hause, Kaudel, wie?

Es wäre nicht zu spät? Gut — so ist es früh — meinetwegen. Natürlich; eine Frau weiß nie wann es spät oder früh ist. Du bist übrigens am Dienstag spät nach Hause gekommen — am vorigen Freitag war es auch nicht mehr früh und am vorvorigen Mittwoch — nun Du brauchst Dich nicht so entsetzlich herumzuwerfen, ich werde weiter Nichts sagen; nein, ich sehe leider, es hilft mir doch Nichts.

Früher — ja — jetzt kann ich's gestehen — da habe ich mich manchmal gequält und geängstigt, wenn Du Abends lange ausbliebst; das ist jetzt aber Alles vorbei, dahin hast Du's gebracht, Kaudel, und Deine Schuld ist's ganz allein, wenn ich mir Nichts mehr daraus mache, ob Du überhaupt nach Hause kommst oder nicht. Nie habe ich geglaubt, daß ich es je dahin bringen würde, mir so wenig aus Dir zu machen, Du selbst hast es aber so weit gebracht. Zwanzig Jahre lang hast Du den Wurm getreten, endlich hat er sich gekrümmt.

Nein, Kaudel — ich will nicht an zu zanken fangen, das ist vorbei; ich kann Dich nicht mehr genug achten, um mit Dir zu zanken, Alles nur was ich von Dir verlange, — ein anderer Mann würde mit seiner Frau sprechen und nicht wie ein Klotz da liegen — Alles nur was ich von Dir verlange, ist das: sage mir, wo Du am Dienstag gewesen bist.

Du warst nicht bei der guten Mutter, obgleich Du weißt daß sie nicht recht wohl ist und im Sinne hat ihr Geld unsern lieben Kindern zu hinterlassen; Du hast Dir aber nie aus Jemanden etwas gemacht, der zu meiner Familie gehörte. Du warst auch nicht im Klub — nein, ich weiß das — auch in keinem Theater.

Woher ich das weiß? O, Kaudel! ich wünsche nur zu Gott, ich wüßte es nicht — nein, Du warst an keinem von diesen Orten, aber ich weiß, wo Du gewesen bist, Kaudel, o ich weiß es.

Warum ich Dich dann noch frage? Nur um Dir zu beweisen, was Du für ein Heuchler bist, Dir nur zu zeigen, daß Du mich nicht hintergehen kannst. — Also, Kaudel! Du bist ein Billardspieler geworden?

Nur einmal? Das ist hinlänglich, Kaudel, Du hättest eben so gut tausendmal spielen können, denn jetzt bist Du doch ein verlorener Mann. „Nur einmal" — in der That — ich möchte wissen, was Du zu mir sagen würdest, wenn ich Dir käme mit „nur einmal"; aber natürlich — ein Mann kann nie Unrecht thun — in gar Nichts. — Und Du nennst Dich einen Herrn der Schöpfung, Kaudel, und kannst Deine Familie, Deinen glücklichen häuslichen Herd, Deine Kinder — aus denen Du Dir freilich nie etwas gemacht hast — verlassen, um bunte Bälle mit langen Hölzern auf einem grünen Tischtuch umherzustoßen? Was für ein Vergnügen ein gesetzter Mann bei solcher Unterhaltung finden kann, das muß jede vernünftige Frau in Erstaunen setzen. Ich bedauere Dich, Kaudel.

Du kannst also hingehen und „Caroline" spielen, wie sie's in ihrer Gaunersprache nennen, anstatt zu Hause mit Deiner Frau, an Deinem eigenen Tische und in der Gesellschaft Deiner eigenen Kinder ein anständiges und hübsches „Mariage" zu machen, wobei Du den Fuß nicht über die Schwelle zu setzen brauchtest; Du kannst hingehen und Caroline mit einem Pack wüster schnurrbärtiger Gesellen spielen und Du nennst Dich einen achtbaren Kaufmann? Wenn die Welt aber nur wüßte, was für Achtbarkeit in Dir steckt — sie würde staunen. Caroline spielen — ja wohl — Caroline. Ich weiß aber weshalb das geschieht — diese Mamsell Betsenberger —

Kaudel, wenn Du die ganze Decke über Dich herüberreißt, so stehe ich auf und ziehe mich an — Nein — jetzt ist es vorbei mit Dir; früher war vielleicht noch Rettung möglich, jetzt ist's zu spät, denn bis jetzt habe ich noch keinen Mann gekannt, der Billard gespielt hätte und nicht verloren gewesen wäre. So zum Beispiel mein Onkel Wahrdel — ein besserer Mann hat nie Brod gebrochen — der fing an Billard zu spielen und lebte von dem Augenblick an keinen Monat mehr mit meiner guten Tante zusammen.

Ein glücklicher Mann? Was? so nennst Du einen Menschen der seine Frau verlassen kann? — ein „glücklicher Mann?" Aber natürlich — was darf ich denn anderes erwarten; wir werden eben so wenig mehr lange zusammenbleiben und wenn es auch eine Zeit lang gedauert hat bis es so weit gekommen ist, so seh' ich die Scheidung doch endlich vor Augen. Und nach der Frau, die ich Dir gewesen bin. — Ich weiß aber wer Dich zu alle dem antreibt — es ist der böse Feind, der Betsenberger. — Ja, Kaubel, ich will ihn einen „Feind" nennen und ich bin keineswegs eine Närrin, wie Du Dich auszudrücken beliebst. Du hättest aber nicht mehr an Billardspielen gedacht, wie eine Gans, wenn der Dich nicht dazu verführt hätte.

Nein, Kaubel, das hilft Dir nichts, wenn Du mir jetzt weißmachen willst, Du wärst nur ein einziges Mal dort gewesen und könntest keinen Ball treffen, das wirst Du bald lernen, und nachher kommst Du nie wieder nach Hause. Du wirst ein gezeichneter Mann werden — ja, Kaubel, gezeichnet — es wird etwas an Dir sein was schrecklich ist — denn wenn ich einen Billardspieler nicht gleich an seinen Blicken erkennen kann, so will ich keine Augen im Kopfe haben. Sie sehen alle so gelb wie Pergament aus und tragen Schnurrbärte — ja, Kaubel, Schnurrbärte, und es sollte mich gar nicht wundern, wenn Du Dir jetzt den deinigen auch wachsen ließest, obgleich es ihm schwer werden würde herauszukommen.

Ja, Kaubel — alle Billardspieler haben einen gelben und scheuen Blick, gerade als ob sie mit den besten Taschendieben verwandt wären, was sie auch wirklich sind; und so wird es accurat mit Dir werden, Kaubel — ganz eben so. In sechs Monaten werden die theueren Kinder ihren eigenen Vater nicht mehr erkennen. Alles — Alles würd' ich, auch wie ich mich selber kenne, ertragen haben — Alles — nur nicht Billard; und die Gesellschaft die Du dort triffst — die Lieutenants, die in einem fort von Dir Geld borgen werden. Ja, Kaubel, eine Billardstube ist ein Platz wo die Zugrunderichtung der Ehemänner den Menschen bequem gemacht wird — ganz bequem und deutlich, so daß sie gar nicht mehr fehlen können. Es ist eine Kapelle eigens für den Teufel hergerichtet, um darinnen zu predigen.

Nein, Kaubel — ich habe kein Rednertalent, ich werde aber so lange reden als es mir gefällt. Es ist doch wahrhaftig zu arg, daß ich die Lippen nicht von einander bringen darf, was, der Himmel weiß es, selten genug geschieht, ohne daß ich beleidigt werde.

Nein, Kaubel, ich will hierüber nicht schweigen; wenn es etwas Anderes wäre, ja — nicht ein Wort würd' ich sagen, wenn Du es nicht wolltest, nämlich — in der Art kennst Du mich auch, Kaubel — aber hierüber — nein, hierüber muß ich reden, das erheischt meine Pflicht als Gattin und als Mutter Deiner Kinder. — Ich weiß daß Du noch nicht spielen kannst, es vielleicht nie lernen wirst; das macht aber die Sache erst so viel schlimmer, denn jetzt denke an das Geld was Du alles verlieren mußt und sieh den Ruin vor Dir, dem Du entgegen geführt wirst.

Es hilft Dir Nichts, Kaubel, Du kannst wohl sagen: „Du wolltest nicht wieder spielen,“ ich weiß aber daß Du das nicht mehr ändern kannst — Du mußt spielen und dann werden sie Dir schön das Fell über die Ohren ziehen. Rede nur nicht — meine gute Tante hat mir Alles erzählt — die weiß wie es dort zugeht. Haufen von Leuten gehen in diese Billardstuben um sich ihr Mittagsessen zu erspielen, wie Füchse sich in einen Hof schleichen und nach einer fetten Gans umhersuchen; und aufessen werden sie Dich, Kaubel, rein aufessen.

Billardbälle — ja weiter Nichts — Kugeln sind's, mörderische Kugeln. Zu meiner Zeit bin ich auch einmal im Woolwich-Arsenal gewesen und habe dort — damals hattest Du auch noch etwas von einem Mann an Dir, Kaubel, es war gerade ehe wir uns verheiratheten, — und habe dort alle Arten von Kugeln gesehen — ganze Berge von Kugeln die nach Kirchen und in anderer Leute friedliche Wohnungen verschossen werden sollten und das Porzellan nachher und Gott weiß was noch Alles zerbrechen, — ja, ich sage, ich habe alle derartigen Kugeln gesehen —

Ich weiß wohl daß ich das schon einmal gesagt habe, Kaubel, Du brauchst es mir nicht vorzuhalten, aber was geht das Dich an, wenn ich es wiederhole? — Nicht eine ist aber unter allen denen — und wenn sie von Eisen sind — die halb das Unheil anrichten könnten, als diese elfenbeinernen. Das sind Kugeln — Kaubel.

Bälle? keine Kugeln? das hat hiermit gar Nichts zu thun — das sind Kugeln, Kaubel, die schon durch manches Frauenherz gegangen sind — von den Kindern gar nicht zu reden, und das sind Kugeln, mit denen Du Tag und Nacht Deine arme Familie ruiniren wirst.

Betheure mir nur nicht daß Du nicht spielen wirst — „wenn es erst bei einem Manne zur Leidenschaft geworden ist,“ wie meine arme Tante immer sagte, „dann verführt ihn der Teufel eben so mit einer solchen Kugel, wie er Eva mit einem Apfel verführte.“

Jetzt kann ich nur ganz darauf verzichten, jemals wieder glücklich zu werden. Nein, das ist vorbei. Du wirst jeden Abend — sei nur ruhig, ich weiß daß ich Recht habe, besser wie Du selbst — Du wirst jeden Abend über dem schändlichen grünen Tuch liegen. Grün — ja schön grün — roth ist's, blutig — blutig roth von all' den Herzen die es zerbrochen hat.

Ich soll nicht pathetisch werden? — ich kann so pathetisch werden wie ich will, das geht Dich Nichts an, und überdies sollt' ich wenigstens benken, ich hätte ein Recht zu reden. Aber nein — ich will schweigen — es ist doch jetzt Alles vorbei — Du bist ein Billardspieler und ich bin ein elendes, unglückliches Weib.

———

„Ich leugnete keines von Beiden," schreibt Kaubel, „denn ich war müde, und wollte schlafen."

Letzte Predigt.

~~~~~~

Madame Kaudel hat sich erkältet. Traurige Folge dünner Schuhe.

Ich werde Dir nicht widersprechen, Kaudel, magst Du auch sagen was Du willst, aber ich sollte doch denken daß ich meine eigene Natur besser kennen müßte als Du. Ich werde Dir auch keine Vorwürfe machen — ich fühle mich nicht wohl genug dazu, aber das ist keine Erkältung die von dünnen Schuhen herrührt, Kaudel, das ist mehr — es sind meine Gedanken, die mich niederbeugen — Ja wohl — Haferschleim — Du denkst immer, Haferschleim könnte bei einer Frau Alles curiren, und weißt doch, wie ich schon den Namen hasse — Nein wahrhaftig, Haferschleim kann das nicht heilen, was mir fehlt, aber natürlich glaubst Du nie daß andere Menschen auch ein Leiden haben können. —

Nun sei nur ruhig, Kaudel, — ich meinte es nicht so schlimm, aber wenn einer Frau nur immer dünne Schuhe vorgeworfen werden, so spricht sie auch manchmal mehr wie sie eigentlich sollte — sie kann aber Nichts dafür. Du hast es aber ewig mit meinen Schuhen, und ich muß doch selber am besten wissen, was mir auch am besten steht — Dir wär' es freilich recht wenn ich Bergschuh trüge, aber ich denke gar nicht daran meine Füße zu verunstalten, so viel kann ich Dir ein für allemal sagen. Ueberdies habe ich mich in den Schuhen noch nie erkältet, und ich sehe nicht ein weshalb sie jetzt auf einmal die Ursache sein sollten.

Nein, Kaudel, ich wäre die Letzte die Dich anklagte, ich wahrhaftig; aber die Erkältung, die jetzt bei mir ausbricht, habe ich mir schon vor zehn Jahren geholt;

ja Kaubel, vor zehn Jahren, und sie hat mich seit der Zeit keinen Augenblick verlaffen — vorgeftern war es gerade zehn Jahr.

Wie ich mich darauf noch befinnen kann? Oh, Kaubel, Frauen
haben ein vortreffliches Gedächtniß — bedauernswerthe Geschöpfe die es find —
Zehn Jahre find es jetzt, als ich eines Nachts auf faß und auf Dich wartete — Nun,
nun, Kaubel, ich will Nichts fagen was Dich kränken könnte, aber laß mich
wenigftens reden — Zehn Jahre find es jetzt, daß ich die Nacht aufblieb und dabei
einfchlief, und das Feuer war indeffen ausgegangen, und wie ich aufwachte, faß ich
gerade im Zug vom Schlüffelloch. — Das war mein Tod, Kaubel, — aber
beunruhige Dich nicht darüber, Schatz; ich bin feft überzeugt, Du haft es nicht mit
Abficht gethan.

Ja wohl, Du kannft das jetzt wohl Unfinn nennen, und es mir in die dünnen
Schuhe fchieben wollen; fo feid Ihr Männer aber — Alle, und wer von Euch feine
arme Frau unter die Erde bringt, weiß auch ficher die Schuld von fich abzuwälzen.

Nein, Kaubel, ich will nicht fagen daß Du mich umgebracht haft —
gerade das Gegentheil, aber trotzdem hat es keinen Tag in der ganzen langen Zeit
gegeben, an dem ich nicht das Schlüffelloch gefühlt hätte.

Warum ich nicht nach einem Doktor fchicke? — Und was foll
mir der helfen? Weshalb follte ich Dir nur die Koften machen? Außerdem,
Kaubel, denk' ich mir auch beinah', daß Du fchon ohne mich fertig werden wirft
— ja wenn nur erft einmal die erfte Zeit vorüber ift, wirft Du mich kaum noch
vermiffen — das ift ja immer fo mit Euch Männern.

Peggy fagte mir vorher, die Mamfell Betfenberger habe fich heute nach
meinem Befinden erkundigt — Was dabei wäre? oh gar nichts, Kaubel,
nicht das Geringfte, aber — eigentlich ift es doch ein wenig taktlos, Kaubel, —
fie hätte doch wohl noch die paar Tage warten können — ich werde ihr nicht mehr
lange im Wege fein — fie kann jetzt bald den Schlüffel zur Speifekammer bekommen.

Ach Kaubel, was hilft es, daß Du mich jetzt Deinen „liebften Schatz" nennft
— Nun, ja, ich will Dir ja glauben daß Du es auch fo meinft, ich hoffe es wenigftens — aber Du kannft doch nicht verlangen daß ich hier ruhig in meinem Bett liegen
foll, wenn ich an die junge Perfon denke — und fie ift noch nicht einmal fo jung
mehr, als fie fich gern machen möchte. Ich habe nichts gegen fie, Kaubel, —
gewiß nicht, aber ich glaube nicht daß ich ruhig in meinem Grab liegen könnte, wenn
ich — gut, ich will Nichts weiter fagen, aber Du weißt was ich meine, Kaubel.

Höre, Schatz — glaubft Du nicht daß Dir Mutter den Hausftand herrlich
führen könnte, wenn ich einmal abberufen bin? — Nun nun, ich will nicht weiter
darüber fprechen, wenn Du es nicht wünfcheft — aber ich fühle daß ich krank bin —
nicht von den dünnen Schuhen, Kaubel, wahrhaftig nicht davon — Ich habe ja

auch in meinem Leben keine dicken Schuhe getragen, und kein Mensch hätte mich dazu gebracht, und trotzdem wußte ich nie was Erkältung sei — Nein, mein guter Kaubel, das Schlüsselloch war es, ohne Dich aber damit zu kränken — eher stürb' ich.

Mutter kennt alle Deine kleinen Eigenheiten und Du würdest auch nie wieder eine Frau finden, die Dich so studirte und hätschelte und pflegte, wie ich es gethan habe — keine zweite Frau kann das — es liegt nicht in ihrer Natur. Und im Ganzen haben wir doch eigentlich recht glücklich zusammen gelebt, denn wenn wir einmal einen kleinen Wortwechsel mitsammen hatten, war das sicher nicht meine Schuld. Ich gebe zu daß Du mich manchmal geärgert hast, aber lieber Gott, wer kann für sein Temperament — besonders ein Mann. Wir haben doch recht glücklich mit einander gelebt, nicht wahr, Kaubel?

Gute Nacht — ja, die Erkältung drückt mir bald das Herz ab — aber die Schuhe sind nicht Schuld daran — Gott segne Dich, Kaubel, — die Schuhe waren es wahrhaftig nicht. Ich will auch nicht sagen daß das Schlüsselloch die Schuld trage, aber die Schuhe thun es gewiß nicht — Gott segne Dich, Kaubel! — gieb ja den Schuhen nicht die Schuld.

———

Es läßt sich allerdings kaum annehmen daß Madame Kaubel während ihrer längeren Krankheit nicht doch dann und wann Gelegenheit genommen haben sollte ihren Tröstungen auch hie und da Ermahnungen beizumischen, oder sich über ihre häuslichen Verhältnisse, und was mit ihnen werden würde, auszusprechen. Solche fragmentarische Predigten scheinen aber von ihrem trostlosen Wittwer für viel zu heilige Reliquien angesehen zu sein, als sie durch den Druck zu entweihen. Aber desto schärfer drückten sie sich dafür in Kaubels Herz ab, und er erwähnte später seine verstorbene Ehehälfte nie ohne hinzuzusetzen: „die liebe Selige" oder „der Engel, jetzt im Himmel".

Nachschrift.

Der Autor hat seine Schuldigkeit gethan, indem er aus einem wahren Wust von Papieren die wichtigsten Themata der Predigten heraussuchte und der Oeffentlichkeit übergab. Hätte er es gewollt, er würde im Stande gewesen sein den schönen Leserinnen eine Predigt für j e d e Nacht im Jahr, sage 365 Stück, zu liefern — aber genug des grausamen Spieles, und wenn er dem schwachen Geschlecht nur e i n e Waffe der Selbstvertheidigung bei seinem ungleichen Kampf gegen das stärkere, den Mann, in die Hand gegeben, nur einen einzigen Text geliefert hat, um den tausend über sie verhängten Unbilden zu begegnen, so fühlt er, daß er kaum ein Korn jenes Berges von Gold zurück gezahlt hat, den er so glücklich ist ihm zu schulden.

Während diese Predigten veröffentlicht wurden, hat es ihn freilich oft geschmerzt von gedankenlosen, unerfahrenen Menschen — Junggesellen natürlich — hören zu müssen, daß j e d e Frau, und sei es die beste, in ihren Adern wenigstens e i n e n Tropfen Kaudelsches Blut fließen hätte, und daß sich, aller Wahrscheinlichkeit nach, selbst Eva dann und wann — und ob auch nur mit leisem Liebesgeflüster und unter Palmen und Myrthen — einer idyllischen Gardinenpredigt schuldig gemacht habe. Es mag sein, aber der Autor hält es für seine Pflicht hier zu erklären, daß er es n i e glauben würde — **nie!**